Rizzoli best

Antonella Boralevi

I baci di una notte

Rizzoli

ISBN 978-88-17-06347-0

Prima edizione: gennaio 2013

Conosco bene Cortina e la amo molto, ma ho ricreato tutti i luoghi con la mia fantasia. Ogni riferimento a fatti o a persone realmente esistenti è puramente casuale.

I baci di una notte

Al mio uomo, forse
All'Obélisque di Place de la Concorde
Alle Cuoche
Ai Taglialegna
non necessariamente in quest'ordine

GIULIETTA: Vuoi già partire?
Il giorno non è ancora vicino:
era l'usignolo e non l'allodola,
quello che ti ha ferito col suo canto
l'orecchio trepidante.

William Shakespeare,
Romeo e Giulietta, III, 5

Sabato
29 dicembre 2012

CORTINA
Crignes 1221
Ore 11.15

Entra in camera di sua madre e subito si sente soffocare. Lei dorme, naturalmente. Le sue belle spalle nude. Il collo tiepido nell'incavo del cuscino ortopedico è pronto per essere baciato. O sgozzato.

Resta immobile. La guarda. Gli piace guardare sua madre. È così spaventosa, è così bella. Bella persino quando dorme. Su di lei, il sonno non ha poteri.

La stanza è baciata dalla luce color oro molle che c'è solo a Cortina d'inverno. Il letto è a baldacchino, la camera completamente foderata di una boiserie di legno biondo. La testa scura di sua madre pare un acino d'uva in una vigna d'agosto.

Sua madre non ha stagioni.

Piano piano, come farebbe se avesse un figlio piccolo che è appena riuscito ad addormentare, lui si avvicina.

Potrei ucciderla, pensa.

Potrei baciarla, pensa.

Ora è a due passi dalla sponda del letto. Con la punta del piede nudo, sfiora un ammasso di coperte di cachemire e lenzuola di raso, che il sonno lieve eppure agitato di sua madre ha fatto scivolare sul pavimento.

Ha sempre freddo, sua madre.

Tranne quando è in abito da sera.

"Drusilla dorme ancora?"

Suo padre è seduto nella stanza da pranzo che guarda i monti freddi di Cortina. Dalla piccola finestra si inquadrano le Cinque Torri, che ora sono quattro e rovinano con determinazione, pietra dopo pietra, anno dopo anno.

Lui alza le spalle, sposta la sedia imbottita di damasco rosso e oro e si siede davanti alle porcellane con i fiori blu di Meissen apparecchiate per la colazione. Dalla cucina, dove sta sepolta il più possibile, la cameriera Altagrazia avanza verso il tavolo. Cammina lentamente, per non inciampare, i suoi vecchi piedi la tradiscono spesso. Versa il caffè nella tazza di lui, e intanto lo cova con lo sguardo: "Buongiorno, Signorino".

La loro è l'unica famiglia rimasta all'età della gleba.

Mangiano in silenzio.

Suo padre sta incollato all'iPad. Sta cercando da un po' di tempo di comprare il pacchetto di maggioranza di una azienda che possiede già in parte, ma ci sono molti pretendenti, molti avvocati, molti consulenti, molti giudici, tutti messi di traverso. I soldi chiamano i soldi e ti bruciano la testa, più ne hai e più ti preoccupi di farne ancora.

"Vai a svegliare tua madre."

Il fatto che adesso non la chiami per nome ma la inchiodi ai doveri del suo ruolo segnala che gli sta montando dentro una delle sue rabbie segrete, che poi diventano furie.

Lui dovrebbe alzarsi. Ma non crede che lo farà. La noia lo sovrasta. Non c'è nulla di quello che gli capita intorno che lui non potrebbe prevedere con anni di anticipo.

Come questo idiota Natale a Cortina.

È adesso che entra sua madre.

Drusilla Costaglione, l'imperatrice. Da imperatrice, permette con un cenno del suo bel collo che il marito le scosti la sedia. Si siede nel frusciare delle sue sete, del raso della sua camicia da notte color burro con i pizzi di Bruges che le titillano i capezzoli.

Come è bella, sua madre.

Si impone di non guardarla nemmeno, tanto lo sa come è fatta. E sa anche cosa dirà.

"Ho mal di testa" dice infatti Drusilla.

Sua madre ha sempre mal di testa.

L'iPad è sparito. Suo padre ora è piegato verso di lei, ha la faccia inquieta.

"Ancora?"

Lei scuote le sue belle spalle e scosta con un gesto perfetto della mano la caffettiera di Altagrazia.

"Prenderò un canarino" dice regalando alla povera vecchia in divisa blu da mattina uno di quei sorrisi che cambiano il mondo. Altagrazia cammina svelta verso la sua cucina, dimenticandosi dei suoi piedi stanchi.

Questo è il miracolo di sua madre.

"Hai sentito John Smythson?" domanda suo padre.

A chi?

"Dico a te, Sigieri."

Ah.

I corn flakes sono flosci.

"I corn flakes sono flosci."

"Hai sentito John Smythson?"

"Ma perché in questa casa i corn flakes sono sempre flosci?" lui dice, e solleva la testa dalla scodella nel momento esatto in cui sa che incrocerà lo sguardo divertito di sua madre.

È per lei che fa questo teatro.

Ridono insieme, lui e sua madre, il padre sta a guardare come uno sfigato, non c'entra, lui, con loro due.

"Ho trovato un appartamento a Egerton Gardens" dice sua madre, e sorride dietro le labbra un sorriso che lui solo sa vedere.

"Quindi ci hai parlato" sospira soddisfatto Gaetano Costaglione, padre di Sigieri Costaglione, unico figlio destinato a luminosi destini nella grande finanza londinese.

La stanza da pranzo foderata di boiserie, con la volta a spicchi come l'abside di una chiesa, torna nel silenzio. La loro famiglia ha questo, di bello: si sta quasi sempre zitti. Ma Altagrazia ritorna, con i toast. E siccome questa volta deve portare in tavola anche il piatto caldo con le uova sbattute con il latte che suo padre mangia ogni mattina da quando studiava a Cambridge, dice lui, il suo passo è cadenzato come in guerra. Nelle due nicchie della boiserie, tremano tutte le collezioni di piatti di peltro e di porcellane Devonshire e persino le lampadine del lampadario, per un momento, si spengono e si riaccendono.

Non c'è luce, in questa stanza, nemmeno alle undici di mattina di un giorno di sole abbacinante come è il sole di Cortina, quando c'è.

Non c'è mai abbastanza luce, in nessuna stanza. Lo chalet è una fortezza, le finestre piccole, il soffitto così basso che ti trancia il respiro. Lui si immagina spesso mucchi di cadaveri dentro queste stanze, adagiati sui tappeti persiani come merce da smaltire.

Fa strani pensieri. Pochi, ma strani, lui.

Non andrà di certo nella casa di Egerton Gardens, e nemmeno a Londra da John Smythson o da chi cazzo vuole suo padre.

Va solo in camera sua.

Si butta sulla coperta di pelliccia di lupo, ammonticchia i cuscini di stoffa rossa a cuoricini verdi dietro la schiena.

Con calma, apre il cassetto del comodino.

Tira fuori lo specchietto, la cannuccia.

Poi appoggia le spalle contro la Madonna di legno che sta al centro della boiserie. E, lentamente, sniffa.

Poi però gli tocca vestirsi, non ha palle, lui lo sa. Non le palle di rimanere a letto, di mandare un tweet a qualcuna delle troiette che conosce da quando portavano i vestitini a punto smock, per farne arrivare due insieme pronte all'uso. La noia lo sovrasta. Non c'è nulla da fare. Anche prendere la laurea non è servito. L'ha discussa con un amico di suo padre, una inutile dissertazione sui mercati finanziari dopo lo scandalo della Lehman Brothers, copiata direttamente dai quotidiani economici. 100, ha preso 100. Londra si è spalancata come una squinzia un po' fatta.

Tanto lo sa che poi ci dovrà andare.

Pensa a tutto il tempo che resta tra questa mattina, proprio questa e non un'altra, e tutte le mattine che gli stanno addosso e gli danno il fiatone, da qui a tutti gli anni che gli restano. Anni che non finiscono mai e si accumulano come i cadaveri che lui si immagina ammucchiati sui tappeti dello chalet. Anni dove tutto quello che gli capiterà è già stato archiviato. Si sposerà. Matrimonio da ottocento invitati con tre giorni di festeggiamento, il tight del nonno Serpieri macchiato di tabacco sul panciotto, damigelle e garçons d'honneur e il vescovo d'ordinanza. Divorzio dopo tre mesi. O tre anni. Che cosa cambia? Qualche figlio nato nella data sbagliata che gli costerà la metà di quello che guadagna, perché tanto il giudice dà sempre ragione alla madre. Anche se Ele, Martina, Virginia, Maria Sofia sono stronze al cubo e tutti lo sanno. Un po' di modelle, un po' di squinzie, un po' di barca, un po' di sciate in Canada con l'elicottero, un po' di imbrogli, ma eleganti. La neve per sopportarli. E poi si arriva alla fine.

Si veste da sci. Ma non come tutti gli altri. Pantaloni di lana alla zuava, maglia tecnica, calzini anatomici per slalom gigante. E un vecchio maglione norvegese, che era del nonno Serpieri e che Drusilla gli ha regalato la mattina di Natale con un biglietto perfido: "Il peso della famiglia e tutti i miei auguri per te".

Esce.

Nessuno gli chiede quando tornerà.

MILANO
Corso Buenos Aires, 1221
Ore 11.15

"Ohi, ma te che dici, mi ci fanno, a me, impiegato del mese?"

Povero Tarid, lui lo dice sempre. Sta in ginocchio per terra e tira a lucido i piedini delle sedie, strofina, sbuffa, strofina e arriva la hostess e nemmeno si china e fa "Devi farli più lucidi" e Tarid li lucida di nuovo. E di nuovo.

È buffo Tarid, sembra un cagnone accucciato tra i tavoli, viene voglia di fargli una carezza. Ma guai. Lei sta sparecchiando e la hostess ha due occhi così. Ci deve mettere 2 minuti. Se per caso lei invece si accucciasse accanto a Tarid e gli facesse una carezza sul suo testone riccioluto, anche se la carezza fosse svelta svelta, perderebbe il tempo. Guai. Un po' le dispiace, perché il testone di Tarid sembra fatto di fili di ferro, quelli che ci si stende il bucato al paese e passarci la mano deve essere strano.

E così, di colpo, le monta in gola una nostalgia, una nostalgia.

Mamma mia come è bello Termini. Ci sta una strada tutta di scalini, e le case dorate da tutte e due le parti, e dei lampioni neri neri antichi, bellissimi, che di notte si illuminano come in chiesa. E in fondo alla strada ci sta la montagna. Monte San Calogero. Ci stanno anche le ciminiere, che sono a righe bianche e rosse e sotto c'è il mare con la spiaggia che ci si fanno i pesci alla brace e il bagno quando fa tanto caldo perché l'acqua è come uno specchio. Ora alla Fabbrica non ci lavora più nessuno, ci sono solo le cartacce davanti ai cancelli chiusi. E il papà sta al bar con gli amici, ma senza ridere e guarda sempre dritto nella strada, perché se passa qualcuno così lo vede e gli dà il lavoro. Anche il CineTeatro Eden l'hanno chiuso, ma già quando lei era piccola. C'è passata davanti un milione di volte e ogni volta pensava Stai a vedere che oggi è aperto. Perché è bello andare al cine, guardare i film nel buio e andare da tutte le parti senza muovere un piede. Magari ora l'hanno aperto, chi lo sa. Tanto a Pasqua torna a casa e lo vede. Dal CineTeatro Eden, si scende per una scalettina, si fa un pezzo di viuzza, poi c'è una scala bianca di marmo con il muretto un po' sciupato, si gira a sinistra e subito c'è la casa sua. Gialla, con le persiane marroni nuove nuove. Sarebbe il piano di terra, ma sopra ci sta commare Rosalia e la porta sta sempre aperta e la casa della commare è un po' anche casa sua. Quando c'era la fabbrica, la mamma e il papà andavano via di mattina quando era ancora buio. Cercavano di non fare rumore ma tanto lei li sentiva lo stesso. Aspettava che non c'erano più loro e poi svegliava Tore con i bacini, ha un odorino Tore che non smetteresti mai di darglieli. Poi lo lavava lei nel lavandino e poi lo vestiva e poi gli scaldava il latte coi Ringo e poi se lo pigliava in collo e via a scuola. E la commare Rosalia guardava tutto dalla sua porta spalancata, che era bello perché non ti sentivi sola mai.

Le viene da inghiottire.

La hostess le soffia sul collo. "Allora? Quanto ci metti a liberare 'sti tavoli?"

Lei è come se si svegliasse, stava laggiù, in Sicilia.

"Subito" dice, e scuote veloce la testa perché Termini vada via. Ormai ci lavora da sette mesi e dodici giorni in questo SuperBurger e lo sa che bisogna lavorare bene, veloce. E dire sempre di sì ai capi, che se ti nominano tra i candidati a "Crew del mese" e poi vinci, ti arriva un extra in busta e poi magari vinci la selezione a "Crew dell'anno" e allora ti fanno una foto e te la mettono nella "crew room" con scritto sotto "Crew dell'anno 2012" e ti danno tanti soldi extra. Fico. Ci pensa un po' mentre separa i rifiuti con cura per metterli nei bidoni giusti. Be', se lei vincesse "Crew dell'anno" prima di tutto comprerebbe a Tore un motorino. Perché è vero che a Termini con gli scalini e le salite e le discese il motorino non è che serva tanto, ma lei il motorino era il suo sogno, e non ha avuto nemmeno la bici, solo il pullman per andare alle professionali a Sciara. C'erano così tante curve che stava sempre per vomitare. Ma poi non ha vomitato mai. Tore ride sempre. E quando ride strizza gli occhi. Una volta lei scendeva veloce veloce la strada grande con gli scalini perché si era fatto tardi e la scuola non aspetta. E ci aveva in collo Tore, come sempre. Si era messa ferma un minuto per ripigliare il fiato e c'era una vecchia a sedere davanti alla porta col rosario in mano. "È pisante, u' picciriddu?" aveva detto la vecchia. Ci aveva una faccia pallida pallida, come di pietra. Lei si era proprio stupita. "Oh no!" aveva detto. "È il mio fratellino!" E si era ributtata giù per la via. E quanto avevano riso, Tore e lei, "Accome sì pisante, accome sì pisante!!!" e intanto giù giù a balzelloni, con al collo quel fagotto così leggero proprio addosso al cuore.

Smette un attimo di sparecchiare, perché un ciuffo è

andato proprio sopra gli occhi. La sua manina bianca con le unghie rosicchiate lo scosta e c'è un momento, breve, in cui la punta delle dita sfiora l'angolo dell'occhio, e porta via la polvere che non c'è. Deve stare attenta, che la ripiglia la nostalgia.

"In cucina!" dice la hostess.

E lei va in cucina. Tutto splende di pulito che pare impossibile che ci lavori dentro tanta gente. Ma il puzzo di fritto entra dal naso e arriva fino nella pancia. E non si smuove, anche la notte il puzzo ti viene dentro il letto. Lei il burger se lo mangia tutti i giorni perché è gratis, ma mastica svelta per non sentire l'odore. Ai clienti il puzzo non gli arriva, ma nella crew room sì. E poi ci sono soltanto tre sedie ma loro del crew sono in dodici, è vero che fanno i turni ma a sedere ci puoi stare metà della pausa, perché tutti hanno diritto.

"Vai!" dice il manager. È un tipino magro magro con le spalle a chiodo che guarda sempre per terra, e è il cocco del direttore. Non si sa come, ma anche se guarda sempre per terra, vede tutto, proprio tutto. Se ti scappa un po' più della salsa special nel Burger Top, ti arriva un colpetto leggero sulla mano, e nemmeno ti eri accorta che lui stava dietro di te.

Lei perciò sta attentissima. Proprio attenta. E per la nostalgia non c'è il tempo.

La cucina è la parte più difficile. Sparecchiare non tanto, dato che anche se si rovescia qualcosa, è tutto di carta e non si rompe nulla. Ma la cucina! Se sbagli a mettere le cose una sopra l'altra, il manager se ne accorge sempre. E ti mette una nota. E dopo un po' di note, ti arriva una letterina. E non è degli auguri di Natale.

Natale!

È stato proprio bello lavorare a Natale. Intanto, loro del crew avevano preparato palloncini di tutti i colori e ghirlande di carta e poi hanno attaccato gli adesivi con le candeline accese su tutte le vetrine e poi il Direttore aveva detto che la musica cambiava e loro hanno messo tutte le canzoni di Natale. Anche *Tu scendi dalle stelle o Re del Cielo*, ma poi il manager l'ha fatta togliere, perché ha detto che poteva offendere. Nel negozio c'erano tre tunisini che mangiavano le ali di pollo e un cinese che guardava fuori Corso Buenos Aires deserto e non aveva nemmeno toccato né il SuperIce né le SuperChips. Il manager ha detto che serve rispetto per tutte le fedi. E ha messo *Jingle Bells*. A lei è un po' dispiaciuto, perché in Duomo, a Termini, il Sacerdote alla Messa di Natale e anche la settimana prima e quella dopo e certe volte anche a Pasqua, perché un bel canto non ha la stagione, li aveva sempre fatti cantare "Tu scendi dalle stelle o Re del cielo e vieni in una grotta al freddo e al gelo". Anche *Adeste Fideles*, ma mai *Jingle Bells*. Vabbe', pazienza. I tre tunisini hanno continuato a mangiare e il cinese a guardare fuori e lei ha pensato che il manager avrebbe potuto lasciare *Tu scendi dalle stelle o Re del cielo*. Ma non gliel'ha detto. Con il manager non si parla. Si ubbidisce. Questo l'ha imparato subito.

MaioneseInsalataFormaggioSalsaBurgerSalsaProsciuttoPomodoroOrigano. Carta oleata Incarta Chiudi Attacca adesivo SuperBurger. MaioneseInsalataFormaggioSalsaBurgerSalsaProsciuttoPomodoroOrigano. Carta oleata Incarta Chiudi Attacca adesivo SuperBurger.

InsalataFormaggioSalsaBurgerSalsaProsciuttoPomodoroOrigano. Carta oleata Incarta Chiudi Attacca adesivo SuperBurger. InsalataFormaggio...

"Attenta!"

La hostess, questa volta.

"Rifallo."

È giusto, il cliente si aspetta la maionese e noi gliela dobbiamo dare, pensa lei. Ha un pizzicorino proprio sotto il naso ma a toccarselo, guai. E smettere la preparazione, più guai ancora. Ha il turno e per i suoi 20 minuti il pizzicorino se lo deve tenere.

Fa un bel sorriso alla hostess e le dice grazie. La hostess ha già girato le spalle. Ma grazie fa sempre bene dirlo e allora lei si sente un po' meglio, ora che l'ha detto, e si sente anche più sicura. Così, torna in Sicilia. A Termini. Il Natale a casa era proprio bello. Andavano alla Messa di Mezzanotte, tutti insieme, il papà si metteva il vestito nero e la camicia bianca e la mamma le scarpe lucide e Tore, anche Tore, lui, ci aveva la sua tuta nuova Adidas e era bello anche se cascava dal sonno, proprio bello era. Le sale su per il naso un sospirone. Ma quello non è proibito. Non si perde tempo, a sospirare. Prima c'era la mangiata di Natale. Le melanzane con la mozzarella tanta, i mandarini, e la mandorlata. Non faceva mai freddo a Termini, a Natale. E il mare era sempre di un bel colore pacioso, stava lì a guardare, a Natale non si arrabbia mai, il mare di Termini. Le navi stavano ferme ferme nel porto e il traghetto da Genova era sospeso. C'era una gran pace. Lei, c'era una cosa della Messa di Natale che non l'aveva mai detta a nessuno. Un po' si vergognava. È questa: lei chiedeva sempre la stessa grazia. Si poteva, aveva detto il Sacerdote. Se te chiedi, Dio risponde. Era molto di conforto. Chiedere è facile. E Dio, che ti ha fatto nascere, ti vuole bene per forza. Ma lei aveva scelto di non parlarci direttamente. Un po' perché quel vecchione con la barba e gli occhi neri che mandavano raggi e il trono, a lei le faceva rispetto. E Gesù in croce, che sarebbe come Dio, le faceva troppa pena. E poi perché la mamma è sempre meglio. Sicché parlava alla Madonna. Ma non così, a caso. No no, lei aveva scelto la Madonna giusta. C'era voluto un po' di tempo e un giro in tutte le chiese di Termini. San Francesco. Santa Caterina. Santa Maria della Misericordia e della Consolazione. Questa chiesa era stata per un po' nelle nomination, insieme al Duomo, per la parola "consolazione". Ma poi, come al *Grande Fratello*, era uscita una vincitrice sola: la Madonna della Mazza, che stava in Duomo. La Madonna della Mazza l'aveva scelta perché sembrava una commare, non la Madre di Nostro Signore. Era in piedi, col velo attorcigliato perché si capiva che non aveva tempo da perdere a rimetterselo a posto. Aveva il piccolino appeso alla sottana. Ma il bello è che teneva il braccio destro sollevato e nella mano teneva una mazza, proprio una mazza vera. Un bastone. Guai a farla arrabbiare, la Madonna della Mazza. Quella come niente ti tira una gran botta. A lei era sembrata proprio la protezione giusta. E allora la grazia, tutte le volte che veniva Natale, lei la domandava alla sua Madonna vincitrice. Loro quattro in chiesa si tenevano tutti per la mano e lei non li poteva fermare tutti lì davanti, ma si faceva nella mente il segno di Croce e dopo pregava muta ma tanto la Madonna sentiva lo stesso. E poi la grazia era veloce da dire. Tre parole. Quattro, se si conta il nome e il cognome per due.

Fammi
Sposare
Johnny
Depp.

CORTINA
Forcella Rossa n.151
Ore 13.30

Amerigo lo aspetta subito sotto la Stazione di arrivo della Funivia di Ra Valles, in mezzo alla pista. Lui fa uno scodinzolo stretto e gli piazza un cristiania secco praticamente sulla punta degli sci.

"Stronzo" lo saluta Amerigo.

Le montagne sono spaventose, marroni come tombe spalancate. Gli stanno intorno una dopo l'altra una accanto all'altra cerchio dopo cerchio dopo cerchio. Senza scampo. La neve sono sputi, graffi, seghe mentali dentro le rocce. Il cielo è di un blu insopportabile. Amerigo pare un ragnetto da schiacciare sul muro.

Nessuno.

Solo loro due.

A quest'ora in Forcella ci si va solo se ci si vuole ammazzare. Pendenza 97%, dislivello 700 metri, lunghezza Km 2. Muri 3, sempre ghiacciati dopo le undici. Se ti sporgi di sotto, dal costone di partenza, prima di infilarti nel primo canalone, non riesci a vedere dove finisce. È come buttarsi dentro un imbuto.

“Andémo?” dice Amerigo.

Cortina schiatta di sole, giù, in fondo, lontanissima. E c’è questo silenzio, questa pace.

Gli sci di Amerigo grattano il primo fragile strato del ghiaccio, crepitano.

Ora sono i suoi sci.

Corrono saltano vibrano il ghiaccio crepita cede si spacca in una miriade di schegge. Il corpo è elastico vibra crepita cede si spacca. Lui è i suoi sci è la neve è il ghiaccio è il cristallo che si incrina. È il rombo dentro la testa è il vento è il ghiaccio che si spezza. I costoni delle rocce sono sempre più vicini la pista è sempre più stretta la discesa è sempre più ripida. Aguzzo. Ghiaccio. Crepitio. Gli sci danzano corrono vibrano. Rocce roccioni Vai giù Vai giù non pensare Vai.

La neve ora di colpo è molle stride sfride si alza si riaccuccia obbedisce. Fai attenzione. Fai attenzione. Il roccione. In mezzo. Rallenta Rallenta Gira Gira a destra Tieni la destra Ora Vai Vai.

Il secondo muro. È stretto È stretto Fai attenzione Fai attenzione Curva Curva Curva Corri

Le rocce avanzano Sempre più stretto sempre più stretto

La fine non si vede.

Gira Gira Ora

90 gradi

Il terzo muro

Il più cattivo

Il ghiaccio non cede Devi volarci Devi accarezzarlo Devi imbrogliarlo.

Gli sci toccano di spigolo Incidono una ferita senza sangue

Giù Giù Vai

Il fiato rimbomba dentro le orecchie Il ghiaccio sono serpenti che guizzano e tu li schiacci Shhhhhhhhhhhhhhhhhhhhhhh

Non finisce

Finisce

È finita.

Sotto i cavi della funivia di Col Drusciè Amerigo lo aspetta.

Il ragno ce l'ha fatta, a sopravvivere.

Hanno il fiato corto. Sono eccitati. Che figata, dice Amerigo e intanto abbassa la cerniera della giacca a vento, muove il collo come un rospo che cerca l'aria.

Lui si è fermato in perfetto parallelo, sente il petto spaccarsi lentamente. Ma non si sbottona la giacca.

Amerigo si gratta dietro l'orecchio, socchiude gli occhi per il riverbero.

"Ma quei pantaloni da mona non ti danno fastidio?" domanda.

Ha sulle labbra un sorrisetto tagliato, che è il modo con cui ha scelto di avere a che fare con il mondo. Superiore ma cortese. Perfido sempre. Amerigo sa come va a finire ma è gentile e non te lo dice. Non ora, almeno.

"No."

"Guarda Sigi, non c'è bisogno che tu parli così tanto, eh, poi mi viene il mal di testa, non fai che parlare, mona che ti se'!"

Perché gli viene da ridere? Sarà la stanchezza. Sarà

l'eccitazione. A lui non viene da ridere mai. Che c'è da ridere nella vita?

Si scambiano uno sguardo di intesa e schizzano insieme in avanti.

La pista ora è meno ripida, ma continua a essere stretta. Abeti al posto delle rocce. Sale su dalla valle una matassa di silenzio. E il silenzio li inghiotte. La neve ora è soffice. Gli sci ci entrano dentro senza rumore. Amerigo e Sigieri lasciano una coppia di scie parallele, le curve si intrecciano, è bello da vedere. Sarebbe bello entrare dentro la vita in questo modo placido, incontrarsi e separarsi e ritrovarsi e separarsi di nuovo per ritrovarsi ancora e ancora e ancora.

Perché gli viene in mente sua madre?

Sarà tornata a letto. Sarà al telefono. La chiamano miriadi di uomini. Hanno voci fonde che talvolta si spezzano. Da piccolo lui si appostava contro la porta per sentire. Gli uomini visitavano sua madre. Lui era stato mandato a letto, suo padre era in viaggio. Sua madre giocava a burraco e burraco è un gioco che si fa in due, aveva detto Nannie. E dunque quando suonava il campanello, verso le nove e mezzo (lui era già steso nel suo lettino all'ombra dei suoi giocattoli) lui sapeva che il gioco stava per cominciare. Nannie era vecchia, così vecchia che sembrava di carta e scricchiolava tutta. Era facile da imbrogliare. Ogni respiro era un rantolo che risucchiava la camera. Era facile scivolare giù dal lettino, tenendo stretto Spezzatino, che era il suo orso protettore, un po' consumato ma funzionante. Era facile avvicinarsi alla porta, senza che Nannie si svegliasse. Ogni risucchio, due o tre piccoli passi verso la sua mamma. E ora è lì, davanti alla porta chiusa del salottino, con l'orecchio incollato alla porta chiusa. Sente fruscii, respiri. Sente piccoli colpi. Sa che burraco è un gioco che si fa con le carte, e le carte non sono come le macchinine, non fanno rumore. Sente parole soffiate piano, le sillabe ingarbugliate non si capiscono. Ma arriva una dolcezza, attraversa la porta e gli si ficca dentro l'orecchio. Forse è per quella dolcezza, che ogni sera arriva fin qui, rischiando lo spavento delle scale buie. O è per la risata di sua madre? Sua madre ride fiera, di gola, e mentre ride butta rapida indietro la testa e guarda dritto negli occhi l'uomo che ha davanti. Lui indietreggia, di solito. Sigieri è un bambino silenzioso, attentissimo. Un metal detector della vita. E sua madre è il suo campo di osservazione, l'unico che gli interessi davvero.

Amerigo inchioda, lui gli finisce addosso. Quasi.

"Che c'è, mona, ti se' imbambolato?"

Non si sfugge a Amerigo. E forse è per questo che sono amici, loro due. Si scambiano le loro ossessioni.

Invece di rispondere, lui si butta giù, verso Rumerlo e sceglie apposta uno slalom troppo largo, per impedire a Amerigo di superarlo.

Gli sci lo portano, senza che lui faccia sforzo, sta solo inclinato leggermente in avanti. Ascolta la musica della neve che gli gronda addosso dai rami carichi degli abeti. Dentro il pulviscolo luminoso la testa gli diventa leggera. Gli sci tagliano le ombre azzurre degli abeti, separano i loro abbracci. Chiude gli occhi, lo fa ogni tanto, quando la pista è facile e piatta, come questa. Gli piace. I sensi diventano aguzzi. Lui può sentire quello che non si vede.

MILANO
Metropolitana Linea Verde
Loreto Piola Lambrate Udine Cimiano Crescenzago Cascina Gobba Vimodrone Cascina Burrona Cernusco
Ore 13.30

Gessica la aspetta davanti alla scala che porta giù alla Stazione Loreto. Lei la prende alle spalle e gli stampa un bacione sulla gota.

"Ehi, ma che fai?" protesta Gessica e la scuote via, ma si vede che è contenta.

"Fortuna!" dice lei e si mette a saltellare che, se non sta attenta, ruzzola diritta dentro le scale.

Gessica la guarda e alza le spalle. Fa sempre la dura ma non le riesce tanto bene.

"Se ti pare fortuna..." dice Gessica e alza le spalle.

"Be', fortuna che la hostess mi ha dato il permesso extra, fortuna che la tua signora ti ha dato libero il pomeriggio, fortuna che c'è il sole, fortuna che arriva il treno..."

Il treno!

Ora corrono giù per la scala ripida. E si tengono per mano.

"Partito..." deve riconoscere lei davanti ai binari vuoti. Ma subito aggiunge "Meglio, no? Così ci possiamo dire tutto quello che ci pare e non ci sente nessuno!".

E questa volta Gessica sorride. I punti esclamativi di Santina toccano qualche posto segreto dentro di lei. Scostano i capelli fucsia, attraversano il tatuaggio del cerchio maori che protegge il collo, bucano il geco con le unghie sguainate che difende la spalla, si infilano tra le spire del serpente d'acqua sul polpaccio, e sono capaci di trovare il forellino minuscolo del piercing che trapassa il sopracciglio destro. E alla fine trovano sempre la fenditura che arriva al cuore.

Allora si siedono sulla panchina lercia e Santina tira fuori dalla borsa di stoffa con gli angioletti di Fiorucci due fagottini con l'adesivo SuperBurger.

"Eh, ne hai fregato uno?" domanda Gessica. Ma intanto lo scarta svelta svelta.

"No no." Santina ha un soprassalto di terrore. "Ho domandato alla hostess e lei ha detto che andava bene, Ok, ok, ha detto, basta che fai veloce."

"Secondo me, non ha capito nulla" fa Gessica e intanto stacca un pezzo di pane largo un metro e se lo rumina soprappensiero.

Lei sta proprio bene, su questa panchina, con Gessica. Vorrebbe quasi che il treno non arrivasse mai. Ma poi il treno arriva e loro due ci salgono, tanto il panino l'avevano finito. E, fortuna, ci sono due sedili liberi uno accanto all'altro.

Gessica si mette a parlare del negozio, delle tinte, delle pieghe e lei è proprio contenta, perché Gessica dice delle storie tanto buffe. E poi, se Gessica parla, allora vuol dire che è di umore buono. Quando è di umore cattivo, non è tanto piacevole, ma poi uno gli vuole bene e se ne dimentica.

La storia di oggi è la Signora Pedersoli Valli Querci, che è una cliente nuova, di passaggio, pensa Gessica. Ha fatto una scenata perché voleva tutti e tre i cognomi sulla sua scheda e Gessica a spiegare che loro, in negozio, la scheda proprio non ce l'avevano. Ma come è possibile? Si è scandalizzata la signora Pedersoli Valli Querci. È possibile è possibile, ha detto Gessica, che stava al lavatesta dietro di lei. E intanto si scompisciava dalle risate.

"Però" riflette lei mentre il vagone le scuote, le inclina, le scombussola.

"Però che?" Gessica si mette subito in guardia.

Lei fa un sospirone. "Però se uno di cognomi ce ne ha tre, sono suoi, no? E se li vuole tutti e tre" fa una pausa, prende fiato, "... secondo me, ha ragione!"

"Sei proprio scema" sentenzia Gessica ma intanto le dà una pacca sulla coscia. E siccome il treno corre velocissimo ma deve rallentare perché sono già arrivate a Piola, e allora fa una frenata brusca, Gessica le si rovescia addosso e giù a ridere.

Direzione Lambrate.

Il vagone è mezzo vuoto, ma un musicista con la chitarra è salito lo stesso e ora canta *All You Need is Love*.

"Mi sa che sa solo la prima strofa" stabilisce Gessica. E in effetti il ragazzo con la chitarra strimpella sempre gli stessi accordi e dice solo olliunidislav olliunidislav papparappappà.

"Però è bravo" fa lei. Se ci avesse un soldo avanzato, glielo darebbe un cinquantino. Anzi, glielo dà. Fruga nella borsa con gli angioletti, perché i soldini finiscono sempre in fondo e trova un cinquantino e un cinquino.

Ha la scelta. Decide per il cinquantino, si alza tutta compresa e lo mette nel bicchiere di McDonald's che il ragazzo le mette sotto il naso.

"Io lavoro a SuperBurger" sussurra lei, d'impeto.

Il ragazzo strizza gli occhi per un momento, poi ricomincia a cantare olliunidislav papaparappappà papparappapà.

Fermata Udine.

"Ma a te" guarda Gessica con il petto che si alza e si abbassa perché vuole dire una cosa difficile, "a te il Natale ti piace?"

"È passato" dice Gessica e alza le spalle.

Ma lei non si dà per vinta.

"Ma a te..."

Gessica guarda con intenzione la donna filippina che sta seduta dall'altra parte del vagone.

"A te..." Prende fiato di nuovo. Il petto ora si alza e si abbassa così veloce che se ne accorgeranno tutti!

"... non ti è dispiaciuto stare a Natale via da Roma?"

Gessica ha ventinove anni e vive da sola al Nord da quando ne aveva sedici.

"No" fa Gessica. Apre e chiude le gambe, porta dei jeans con gli strappi e gli anfibi coi teschi. Quando si muove cigola.

"A me" dice lei, e questa volta inghiotte un fiotto di saliva, "... sì."

Sospirone. "Tanto..."

"Ma non ci stai mai a statti zitta, tu?" fa Gessica e le gira le spalle. Ma di poco, perché a Cimiano è salito un omone con la tuta macchiata di calcina e Gessica e lui sono appiccicati, i sedili dei mezzi sono fatti per quelli magri, si sa.

Gessica non è grassa, questo no. È forte. Ti ci puoi appoggiare come alla palma vecchia che sta davanti al tabaccaio a Termini. Anche Gessica ci ha gli spunzoni, uguale alla palma, paro paro.

Ma certe volte, si sente proprio il bisogno di appoggiarsi. Non puoi farne a meno. E gli spunzoni, pazienza.

"A me mi è dispiaciuto" dice lei e lascia che la nostalgia ritorni su dallo stomaco. E la nostalgia sale. E arriva fino agli occhi.

"Ma che ti metti a piangere?"

Gessica si è voltata di scatto e ora allunga il braccio e glielo mette intorno alle spalle.

Lei tira su col naso. E poi smette.

"Questa è nuova?"

Sulla mano di Gessica è nata una tartaruga bianca e nera. La testa è il polso e il guscio il dorso della mano.

"Bella vero?" fa Gessica e intanto apre e chiude la mano e la tartaruga sembra che cammini.

Troppo fico.

"Perché non ti fai un tattoo anche tu?" dice Gessica.

Lei si ritrae piena di spavento.

"Mica sono scema! Fa troppo male. E poi tutte quelle bestie addosso... No no. Grazie."

In fondo, però, averlo chiesto è un pensiero carino da parte di Gessica. Lei è molto soddisfatta. Ma un tatuaggio non se lo farà mai.

Cascina Gobba.

"Lo sai che qui ci scendono le star di Mediaset?" dice lei.

Gessica è perplessa.

"Secondo me, le star hanno la macchina con l'autista."

"Mica tutte."

"Tutte."

"E te..." Fa un sospirone. Prende una boccata di fiato. "... te che ci faresti, con la macchina con l'autista?"

"A me la macchina con l'autista non me la dà nessuno" dice Gessica e butta il mento all'insù. Chissenefrega della macchina con l'autista.

Ma lei insiste.

"Io con la macchina con l'autista ci andrei sempre in giro e poi arriverei fino a Termini! Arriverei fino in piazza, e poi mi fermerei e scenderei e l'autista verrebbe a aprirmi lo sportello e io 'Grazie caro' direi e poi scenderei e tutti resterebbero a guardare a bocca aperta!"

Vimodrone.

Cascina Burrona.

"Secondo te, facciamo in tempo?" dice lei e ha nella voce una piccola lama di inquietudine.

"Certo."

"E se cominciano prima che arriviamo noi?"

"Non cominciano."

Cernusco.

Mentre scendono, lei afferra la mano di Gessica e non gliela lascia. Non gliela lascia sulla scala lercia, né sul marciapiede, né sotto la pensilina dove aspettano che arrivi l'autobus. È diventata pallida pallida.

"Che hai" domanda alla fine Gessica, che il cuore, nascosto bene, ma ce l'ha.

"Ho paura."

"Ma sei scema? Hai paura della merenda di Natale della Parrocchia?"

Lei si ripiglia la mano e se la mette in grembo. E l'altra se la tiene davanti alla bocca. Si vergogna, un po'.

È difficile da spiegare. A lei le persone le fanno paura. Non le persone buone, quelle cattive. Le persone che ti guardano con gli occhi cattivi. Ce ne sono tante. Ti guardano e te senti come se ti trafiggessero delle spade. Non c'è maniera di ripararsi.

CORTINA
Da Lovat
Ore 16.00

La terrazza è piena di sole, la neve sporca gocciola giù dalla balaustra, sui SUV parcheggiati di sotto, nello slargo di Corso Italia. Tra i tavolini ci sono minuscole pozzanghere scure e mucchietti di ghiaccio impolverato di nero. Una cameriera in divisa rosa e bianca sguscia tra i tavoli attenta a non rovesciare le tazze della cioccolata calda. I finestroni hanno tende leggere e embrasses uguali alla mantovana, di uno spesso cotone rosa. La vetrina dei dolci è proprio accanto all'ingresso. Vassoi di biscotti alle nocciole al caramello allo zafferano alle noci. Lingue di gatto. Dita di strega. L'oro screziato di uvetta delle Veneziane. Cremolini Ditalini Mousse di rosa di menta di pistacchi. Barchette di lamponi e cioccolato. Krapfen alla marmellata, al cioccolato, alla crema, nudi, doppi, allo zabaione. Chiocciole di pan di spagna all'alkermes. Sacher al doppio burro con le pesche fresche affettate. Occhi di bue con la marmellata di albicocche. Bavarese alla banana e whisky. Fiocchi alla panna. Bignè glassati color glicine. Occhi di Maria spolverati di zucchero e cannella.

È l'ora di Lovat.

Lui e Amerigo superano la coda all'entrata senza che nessuno dica nulla. Sono troppo belli. Troppo ricchi. Sono irraggiungibili. Entrano con gli scarponi, in un rumore di ferraglia. Entrano con i loro occhi blu, le lunghe braccia eleganti, i capelli spettinati, l'aria di chi se ne frega del mondo. E c'è come un'onda che attraversa i tavoli e obbliga le facce della gente che ci sta seduta a girarsi, a guardarli, a pensare Come sono belli. Più della Sacher, del gelato variegato dentro il bicchiere, più belli di questo sabato di Capodanno in questo Paese dei balocchi.

Subito la padrona esce da dietro il banco e si fa incontro a salutarli, Bentornati Bentornati, il vostro tavolo è pronto, la terrazza va bene? O preferite dentro? Le brilla nella voce una soddisfazione da prescelta. E loro due, magnanimi, buttano via un sorriso. Amerigo il suo un po' così, tagliato secco sulle sue labbra striminzite, lui come un soffio che gonfia le gote, più noia che piacere. Ma adesso, eccoli, sono seduti al loro tavolo, quello in fondo, d'angolo, il migliore. Quello che gli altri sono distanti. Quello che sei lo spettacolo di tutti. Quello che allunghi le gambe, accosti le sedie, fai quello che ti pare.

"Cosa prendete?" fa la padrona: gli darebbe il negozio tutto intero.

"Nulla."

Nemmeno un minuto e la processione comincia.

Arrivano insieme, una dopo l'altra, ciascuna appesa alla sua borsa Hermès, ciascuna ondeggiante sul tacco dodici dello stivaletto, ciascuna con i jeans stretti e il maglione di cachemire e il trucco leggero ma la bocca rossa. Nessuna è andata a sciare, ovviamente: chi ci viene, a Cortina, per sciare? Arrivano con un tempismo così perfetto che si potrebbe pensare che fossero dietro l'angolo, nascoste, ad aspettarli.

Amerigo lo temono, Sigi le incanta.

E ora sono avvolti in questa nuvola d'oro chiaro, carne chiara, gambe lunghissime. Toccano baciano sfiorano si lasciano toccare, stringere, trovano il gancio del reggiseno sotto il maglione, l'elastico del tanga proprio accanto al bordo dei jeans. Giocano con le bambole, Amerigo e lui. Bambole di carne, tutte uguali come le bambole. Tutte inutili. Ele infila svelta la lingua tra le labbra di lui, un guizzo solo, come una promessa. Maria Sofia la scansa, "Ciao, Marchese" dice e gli si piazza a sedere sulle cosce. Ha conquistato la sua fortezza. E ora gli si struscia addosso e fa finta di ridere. Ma lui sa che invece ha paura. Ha paura che lui se la scrolli via dalle gambe, la renda ridicola davanti a tutti. Ha preso un bel rischio, Maria Sofia. Sarà perché ha ventisei anni, quasi, e detesta andare ai matrimoni degli altri. Lui non è uno che abbia pietà. E poi, la paura lo eccita.

Un piccolo salto delle ginocchia.

"Piantala."

Maria Sofia è in piedi, aggrappata alla sua borsa. Barcolla leggermente. Amerigo la infilza: "Poveraccia".

Ridono tutte, di non essere lei.

E ora lui e Amerigo sono al centro di un cerchio di devozione, la loro luce acceca tutte le povere bambole che si calpestano per stare più vicino. Virginia fuma una sigaretta, appoggiata alla balaustra, il suo sedere è accanto al viso di Amerigo ma è per Sigi, che lei lo muove dolcemente. Bea ha sollevato le gambe e le tiene diritte sul bracciolo della sedia, passa e ripassa la mano sull'ombelico nudo, e intanto dice "Una palla disumana" e non importa quale sia, perché per lei tutto è una palla disumana. Tutto, tranne Sigi.

"Avete sciato?" domanda Martina.

"Sci d'acqua, piccola" dice Amerigo, "non sai quanti serpenti c'erano..." Muove il braccio a mimare qualcosa che guizza e le abbranca un seno.

"Ohi ma sei scemo?" fa lei. Ma la mano non la sposta.

"E allora" Virginia si è voltata verso di lui, la sigaretta la difende, "allora vai a Londra, Sigi?"

"Va a Londra a scopare."

È Amerigo che risponde.

Virginia cerca la risposta un secondo di troppo.

Amerigo la fucila.

"Non te, mi dispiace."

Ridono tutte, di nuovo. Non è come alla guerra? Per ora, non è toccato a me. Non ancora.

Ma ormai lui si è distratto. Non gli va più, di giocare. Sta diventando vecchio, Amerigo ha smesso di divertirlo. E non ne può più di queste cretine tutte uguali, tutte alte, tutte bionde, tutte sceme. Però una a caso magari stasera se la scopa. Scambia uno sguardo di lepre con Amerigo.

"Sciò sciò" dice Amerigo scostando la sedia. E le cretine a ridere.

"Quando ti rivedo?" sussurra Virginia alla spalla di Sigi, l'unica parte di lui che si trova alla sua portata.

"Quando ti metti a pecorina, amore" sghignazza Amerigo.

Sente sempre tutto, Amerigo.

E poi escono e c'è Condorelli che li aspetta con l'Audi 408 parcheggiata in doppia fila e intanto fuma appoggiato al cofano, con la giacca blu sbottonata.

"Mi dài uno strappo fino a casa?" chiede Amerigo.

Condorelli ha già aperto la portiera del sedile di dietro.

Lui non dice nulla e si sistema davanti.

Mentre Condorelli guida in silenzio giù verso la chiesa e poi taglia la coda delle macchine che aspettano di entrare in paese, per salire verso Pecol, Amerigo si appoggia con tutte e due le mani alla spalliera dell'autista e sussurra sporgendosi dal poggiatesta: "Ma lei non si rompe mai le palle di questo lavoro di merda, Condorelli?". Fa un piccolo ghigno e si rimette al suo posto.

L'autista fissa un punto al centro della salita, un punto molto lontano, un punto che richiede una infinita attenzione. Tace.

"Coglione" dice Sigi.

Guarda anche lui fisso davanti a sé, forse guarda il medesimo punto.

Ma è Amerigo che vince.

"Dici a me o a lui, Sigi caro?"

Si salutano davanti al cancello di legno dipinto di verde del Villino Badoer, un pasticcio di guglie, merli, torrette, bow window, finestrine a cuore che pare la casa della strega di Hänsel e Gretel e sta lì, a Pecol, dal 1920, da quando il bisnonno Badoer, che aveva fatto i soldi con la lana, decise che una casa a Cortina ci voleva.

Un abbraccio.

Non c'è nemmeno bisogno di dire A stasera.

CERNUSCO SUL NAVIGLIO
Parrocchia della Beata Consolazione
Ore 16.00

C'è un po' di neve ghiacciata sullo stradino che porta al capannone. Il cielo è striato di violetto e di rosa. Una lama staccata del tetto di onduline sbatte nel vento. Sull'angolo del capannone, dalla parte del traliccio dell'alta tensione, Don Marco ha messo un albero di Natale con le ghirlande d'argento e le palle di tutti i colori che si accendono e si spengono.

Lei si ferma e sorride tutta. Fa un respiro fondo, socchiude gli occhi. Come è bello Natale.

"Santina!" grida Gessica. Tiene ferma con un piede la porta del capannone, gesticola. "Ma che fai?!"

Santina è davanti all'albero di Natale e non schioda. Gessica molla la porta che subito si chiude, e cammina verso Santina, e intanto batte i piedi per il freddo, c'è sempre freddo in questa piana, anche il freddo c'è, come se il resto non bastasse.

"Ma sei proprio scema" dichiara Gessica.

Santina ride felice.

Sta accarezzando le palline, una a una, con una faccina beata.

"Vieni via, scema, che ci resti secca."

Bisogna prenderla per un braccio e trascinarla. La giacca a vento è tutta bagnata.

"Che dici se ne prendo una?"

"Vuoi rubare in chiesa?"

"Veramente è fuori."

La porta del capannone bisogna spingerla, è dura da

aprire. Gessica dà una spallata. Esce un fiotto di aria surriscaldata e un vociare che spacca le orecchie. "Andiamo via" sussurra Santina e si stringe alla schiena di Gessica.

Invece entrano.

Il capannone è bardato di strisce di carta ritagliata a forma di lettere che dicono BUON NATALE.

Sul soffitto sono volati tanti palloncini bianchi e rossi e da ognuno pende un filo con attaccato un bigliettino.

"Ecco, vedi, lo sapevo! Abbiamo perso i desideri..." dice lei e prende un respirone perché sta per mettersi a piangere. Ci contava, sui desideri. Don Marco l'aveva spiegato bene alla veglia: ogni persona aveva diritto a un desiderio. Bastava scriverlo sotto forma di una preghiera alla Beata Vergine o al bambinello, a scelta, e poi attaccare il foglio a un palloncino. I palloncini sarebbero stati liberati tutti insieme e avrebbero portato in cielo i desideri. Certo, in cielo ancora non ci sono arrivati, ma è comunque troppo tardi...

Si volta verso Gessica. Ma Gessica è sparita.

"Ti dispiace per i desideri?"

C'è un ragazzo in carrozzina proprio dietro a lei, quasi ci inciampa.

"Sì."

Il ragazzo ha un bel viso grassoccio, i capelli a spazzola, rossi. E un piercing al naso.

"Bello" dice lei, meccanicamente. Ammira senza condizioni chi si fa i piercing, si deve sentire un male.

"Parli del piercing?"

Lei inclina la testa e fa un sorriso. Il suo visino si illumina di trepidazione.

"Hai sentito tanto male?"

Il ragazzo si stringe nelle spalle.

"Nulla, in confronto a quando mi hanno tagliato la gamba."

Oddio. Santina fa un salto indietro, e subito se ne vergogna. Non sopporta l'idea del dolore fisico, non può sopportare che quel ragazzo abbia patito tanto.

"Scusami, non te lo dovevo dire."

"Oh, no, hai fatto bene" dice lei e si accoccola ai piedi della sedia a rotelle, in mezzo ai passi della gente. Chissà quale gamba è. Forse il ragazzo ce ne ha una di plastica.

"Vuoi toccarla?" fa.

Lei sente un brivido, ma non è sicura che sia paura. Una gamba finta non l'ha toccata mai.

"Sei sicuro?" azzarda.

"Non sento nulla, tanto."

Lei si mette in ginocchio davanti alle gambe di lui. Sembrano proprio gambe normali, gambe che appena gli dici alzati, si alzano. Invece no.

"Indovina quale è quella cattiva" dice il ragazzo.

È allora che Santina scoppia a piangere.

Si rialza e scappa via, dietro una fila di sedie messe una sopra l'altra. Il ragazzo la insegue, muove svelto la mano sulle ruote della carrozzina, arriva davanti alle sedie e dà un colpo forte, con il braccio teso. Due sedie, tre sedie cadono sul pavimento, la carrozzina adesso può passare, Santina è riagguantata.

È raggomitolata nell'angolo del capannone, la testa tra le mani, i capelli scuri le coprono il viso. Il corpicino è scosso da un pianto brutto, che non finisce. Il ragazzo gira con destrezza la carrozzina, fa in modo di trovarsi di fianco a lei, così da poterla toccare. Scusami, dice, mentre con la mano cerca la sua schiena. Scusami, lo so, sono cattivo, è colpa mia.

"Oh, no" si indigna lei, e intanto si asciuga gli occhi. "Tu proprio non ci hai colpa. Sono io" decide, mentre si rialza e si scuote via la polvere dalla gonnellina rossa che ha comprato per 6 euro da H&M apposta per la merenda di Don Marco.

Il ragazzo non ha fatto in tempo a accarezzarla.

"Hai fame?" chiede lui.

Lei fa cenno di sì, si passa la mano sotto il naso, trova un po' di moccico e allora lo asciuga sulla gonna, stando attenta a non farsi scoprire.

Il ragazzo esce dal pertugio che si era aperto per ritrovarla e subito ritorna con in grembo un piatto di carta pieno di patatine, M&M's e noccioline.

"Magari preferivi la torta paradiso?" domanda in un soprassalto di esame di coscienza.

"Proprio no."

Mangiano le loro porcherie seduti uno accanto all'altro, il ragazzo deve sporgere il piatto per trovare la mano di lei.

"Che ci fai a questa festa?" domanda lui.

"Ho preso il pomeriggio di libero."

"Abiti qui a Cernusco?"

"Sì."

"Ma non sei di qui."

Lei si illumina tutta.

"Sono di Termini Imerese."

Dalla faccia di lui, capisce che non basta.

"Sarebbe in Sicilia, c'è anche il porto, sai. Ci arriva il traghetto dal Nord."

Il ragazzo la guarda fisso. Ha uno sguardo che attraversa la pelle, ma buono.

"E te perché ci sei salita, sul traghetto?" domanda. Lei tira un sospirone, si mordicchia il labbro. Poi allunga la mano e arraffa una manciata di noccioline. Se le mette in bocca tutte insieme.

China la testa. I capelli le spiovono sul viso. E mastica, mastica. Muta. Dietro il paravento dei suoi capelli, si affaccia la mano del ragazzo piena di patatine. Lei le mangia a una a una, con circospezione.

È strano, nel capannone non c'è più rumore. Solo il cric croc delle patatine mentre lei le schiaccia coi denti.

"Come ti sei fatto male alla gamba?" domanda.

Ha sollevato la testa.

Il ragazzo avrà vent'anni, la sua età. Ma lei ha due gambe e lui no.

"Una piattaforma a pantografo, ci avevano caricato troppe lastre di cemento. E io ci stavo troppo vicino."

D'istinto, sgrana gli occhi.

"Non ti rimettere a piangere, per favore. Agli operai capitano un sacco di incidenti, non lo sai?"

Di colpo, la voce del ragazzo è diventata dura.

Lei deglutisce, si vergogna delle patatine, di aver pianto, si vergogna di avere due gambe. Senza pensarci, di scatto, si alza, si sporge sopra di lui, lui solleva la faccia, perplesso. E lei gli stampa un bacio sulla fronte. Minuscole briciole di patatine, infinitesimi granelli di sale volano tutto intorno. Come una aureola.

"Che ci fai qui dietro?"

È Gessica. Il rumore dentro il capannone è fortissimo.

"Niente. Si parlava."

"Ah" fa Gessica e la tira via per un braccio.

Lei ha appena il tempo di salutare il ragazzo con la mano.

"Non ti vorrai mettere con un paralitico."

Lei si riprende la mano con uno scatto brusco.

"Non è un paralitico. È un ragazzo!"

È offesa, è veramente offesa. Gessica non vede mai più in là del suo naso.

"Guarda che c'è la pesca."

La pesca le piace molto e è con trepidazione vera che Santina si infila tra le persone ammassate intorno a Don Marco per conquistarsi un buon posto. Dato che è magrolina, riesce a sgusciare fin quasi sotto il cesto dei numeri. E solo allora si ricorda che lei il numero non ce l'ha. Vabbe', pazienza, farà il tifo per il numero di Gessica. Si sporge tra le schiene, agita un braccio perché Gessica, che è rimasta in fondo, la veda e poi fa le boccacce per dire Quale numero. Gessica non la guarda. No, la guarda, la guarda. L'ha vista. Quale numero? Ma Gessica scuote la testa. E siccome lei pare non abbia capito, Gessica si degna di piegare l'indice a uncino e se lo batte sulla tempia, in modo che non ci possano essere dubbi.

Che dispiacere essere a una pesca e non aver il numero. Santina si gira svelta verso la signora che ha accanto, una donna secca secca che tiene per la mano un bambino grassissimo, Che numero avete? domanda. La donna la guarda sospettosa, ma Santina deve aver passato l'esame perché dopo un po', con gli occhi che brillano, grida forte "Pesca il tredici, pesca il tredici!".

Don Marco tiene in braccio uno dei bambini dell'oratorio, uno di quelli piccoli. Gli ha messo sugli occhi una benda nera. Cesira, la perpetua, scuote il cesto tutta concentrata. I premi sono esposti sul tavolo dietro di loro. Primo premio: una friggitrice. Secondo premio: un uovo di Pasqua enorme, con un fiocco blu enorme. Un uovo di Pasqua? "Ce l'ha dato il direttore della fabbrica Panetti" ha spiegato Don Marco, "sono già sulla produzione di Pasqua e la cioccolata è sempre uguale, no?" Applausi. Premi di consolazione: guanti da sci, casco da sci, cappello da sci, occhiali da sci. Gentilmente offerti dal negozio TuttoSportSportPerTutti di Vimercate.

Strano.

Il tredici non esce, la signora secca secca se ne va senza salutare Santina, come se fosse colpa sua.

Manca ancora il gioco delle sedie.

Il gioco delle sedie funziona così: tutti si vogliono sedere ma manca sempre una sedia. Chi non ha la sedia, esce. Si corre come pazzi intorno alle sedie e quando la musica si interrompe tutti cercano il posto, chi resta in piedi viene eliminato. Di solito è un gioco da bambini, ma alla merenda di Natale la gente è ben disposta e non pochi padri e madri si prestano a giocare anche loro. Un papà alto alto tiene a cavalcioni sulle spalle il suo bambino, corre, ma viene subito eliminato.

Lei non gioca. Gessica si è stupita. Ma lei ha detto No, grazie. Però Gessica insisteva: "Ma se ti piace tanto, il gioco delle sedie". Lei è rimasta ferma nella sua decisione.

In prima fila, con la sua carrozzina, il ragazzo coi capelli rossi le ha fatto un cenno, come un saluto.

Verso le sei sono tutti così stanchi, così rintontiti dalla calca, dal rumore, dal cibo che Don Marco deve prendere il microfono per farsi sentire.

Comincia ringraziando il Signore per la bella merenda francescana e la Madonna della Consolazione, che è la padrona di casa, per la gioia che ha portato nel capannone. Poi ringrazia gli sponsor, Panetti industria dolciaria e TuttoSportSportPerTutti di Vimercate e la signora Mauri, che ha ceduto la friggitrice nuova appena avuta in regalo dal marito, perché loro sono diabetici tutti e due. Poi fa una pausa, in modo che Cesira possa mettere su un disco nel mangiadischi (Don Marco possiede l'ultimo dei mangiadischi esistenti sulla terra). Il disco è *Sul cucuzzolo della montagna*. E tutti, proprio tutti, si mettono a cantare e dondolano a tempo. E qualcuno persino ballonzola.

Dal cucuzzolo
della montagnaaaaa
con la neve alta così
nella valle noi
scenderemo
con ai piedi un paio di...
sci sci!

Scoppia un applauso. E Don Marco si ripiglia la parola e fa l'annuncio. "Vi avevo preannunciato una grande sorpresa" dice, e pare molto soddisfatto.

Una sorpresa!

Lei è veramente contenta, le sorprese sono bellissime.

"Non è un caso" dice Don Marco, che con le pause ci sa fare, "che io abbia chiesto a Cesira di mettere su questa bella canzone, che ci ricorda anni felici dell'Italia e anche la nostra giovinezza."

Non è un caso?

I parrocchiani si guardano l'un l'altro. Le signore del catechismo si danno di gomito, perché loro, la sorpresa la sanno.

"Il Grest di Gorgonzola ha organizzato..."

Pausa.

Mancano i tamburi, ma Santina li sente lo stesso.

"... il Capodanno sulla neve!!!" conclude trionfante Don Marco.

I parrocchiani sono ammutoliti.

"Sappiamo bene, noi della diocesi, quanto lo sport sia importante per i nostri ragazzi e anche per i genitori, per tenere le famiglie unite. E il Don di Gorgonzola è riuscito a ottenere una offerta che non mi trattengo dal dire eccezionale. Il Capodanno tra le nevi a Forno di Zoldo! 80 euro da domenica a martedì, compreso il pullman!"

I parrocchiani si guardano l'un l'altro, incapaci di condividere l'entusiasmo di Don Marco.

"Lo so, lo so" fa lui, contrito, "è un po' tardi... ma, vedete, cari fratelli, al Grest di Gorgonzola sono rimasti due posti liberi e me l'hanno detto solo stamattina. Il pullman va pagato lo stesso, l'albergo lo stesso, insomma questi due posti bisogna darli via... Ma se è tardi..."

"No, no!"

Si girano tutti.

Santina si sbraccia dal fondo del capannone, Gessica cerca invano di tenerla ferma.

“Noi li pigliamo, se si può, Don Marco” dice Santina con la voce improvvisamente calma.

Don Marco, magnanimo, fa cenno di venire avanti. E ecco Santina al centro della scena.

Don Marco l’abbraccia, poi si gira, arraffa il casco da sci e glielo piazza sulla testa.

“Non si sa mai!” dice e tutti scoppiano a ridere.

Ed è così che Santina e Gessica, che la neve non l’hanno vista mai fuori da Milano, faranno il Capodanno sulla neve.

L’appuntamento è davanti alla chiesa di Gorgonzola, partenza alle una di notte puntuali.

Tornano a casa strascicando i piedi dalla stanchezza, Gessica è arrabbiatissima. Ma che ti è preso? E chi li trova 80 euro? E chi glielo dice alla Signora e al tuo Direttore che lunedì non andiamo al lavoro? E come ci si veste, col casco?

Ma a Santina balla in petto il cuore.

Domenica
30 dicembre 2012

FORNO DI ZOLDO (Belluno)
Ore 6.15

È ancora notte. Ma le montagne si vedono, anche se hai gli occhi pieni di sonno.

Lei sta spiaccicata contro il finestrino, strizza gli occhi nel buio. Dentro il pullman dormono tutti. C'è l'odore della povera gente che dorme, sudore, fiato. Una cappa greve di chiuso. Per un momento, lei si stacca dal vetro, gira la testa. Una coltre profonda di respiri. Teste reclinate sul petto, o cadute all'indietro, con la bocca spalancata, il petto che soffia come un mantice. Poiché solo lei è sveglia, le montagne le appartengono. Sono sue. Con il ditino magro disegna il loro contorno nell'alone bianco che il suo fiato staglia sul finestrino e le viene dall'anima un sorriso fatato.

Questa è dunque La Montagna. Queste macchie nere nere che ti schiacciano. Questi pietroni che avanzano fin sulla strada. Questa notte gigantesca. Eppure, lei non ha paura. Sente la dolcezza rinserrata tra quelle ombre possenti, sente il cuore che ci batte dentro.

La strada fa una curva stretta e la valle si spalanca come una porta che si apre. Le montagne all'improvviso diventano rosa. Crescono dalla notte e spiovono dirupi contro la strada che sale. È corsa alle spalle dell'autista, lei, per vedere. Con le braccia spalancate, si tiene forte al corrimano del cruscotto. L'autista non dice nulla. Forse è stanco.

Forse è buono.

Arrivano che è l'alba.

Il paese è di tutti i colori, rosa, arancio, giallo. Lei non l'ha mai visto, un paese così. Sembra di caramelle. Le persiane sono quasi tutte chiuse, ma hanno i cuoricini ritagliati dentro. Ci sono parecchie macchine parcheggiate su tutti e due i lati, ma la strada è bella larga e il pullman ci passa.

Dentro, qualcuno ha fiutato l'aria e comincia a stiracchiarsi. Sbadigli, mugugni, i ragazzi già si prendono a gomitate "Sveglia, Pisolo!". Lei è rimasta in piedi, al centro del corridoio: tocca a lei. Si gira e annuncia più solenne che può "Siamo arrivati!" e quasi casca giù perché, nella foga, si è dimenticata di reggersi. Gessica, dove è Gessica?

Tenendosi alle spalliere dei sedili, scusandosi continuamente, torna fino al sedile in fondo, dove loro due hanno trovato posto. E scopre Gessica col muso.

"Che hai, non ti piace Forno?" domanda lei, ha la voce incerta, non lo sopporterebbe, no, non ce la farebbe a sopportare che a Gessica ancora non le sia passata la sversatura.

Gessica stringe le spalle. Il rossetto è colato giù intorno al mento, i capelli sono tutti acciaccati, non sembra nemmeno più lei. Sembra un'altra. Una che gli puoi fare male.

"Dài, fammi passare" fa lei, che è sveglissima, adesso, piena di agitazione, di decisioni, di stupore. E, con la scusa di saltare le gambe di Gessica, si appoggia un pochino al suo petto.

Gessica, niente.

Il pullman ora ha svoltato in una strada molto più stretta e avanza pianissimo. Si ferma, riparte, si ferma, riparte. Alla fine l'autista si blocca.

"Si scende!" fa, e intanto si passa la mano sugli occhi, come se il sonno gli fosse cascato addosso tutto insieme, di colpo.

Il Don, che ha passato tutto il viaggio a leggere la guida, quasi non si regge in piedi, ma si fa forza e arranca giù, lungo il corridoio, per scendere per primo e guidare le operazioni di sbarco.

"Calmi In fila calmi C'è posto per tutti Prima le donne e i bambini" dice.

Ma non gli dà retta nessuno e, per scendere, sono spintoni, botte anche, non tanto da chiesa. Eccoli, barcollanti, a cercare di arrivare per primi sotto il portellone dove l'autista ha caricato le valigie. C'è una confusione pazzesca, "Quella è mia... no, è quell'altra" gridano tutti e il povero autista è carponi dentro il bagagliaio e, ogni tanto, volta verso di loro un viso bianco da cadavere e indica, col braccio tremante, qualche valigia. È questa?

"Come Dio vuole, eccoci tutti a posto" fa il Don, quando la battaglia è finita. Si guarda intorno e si capisce che non ha la più pallida idea di dove sia l'albergo. La strada non ha più le case colorate, anzi non ha proprio più le case, solo campi coperti di neve e piloni della luce. No, in fondo, proprio dove c'è la curva, c'è un casermone alto tre piani, di cemento grigio. Al posto del tetto, ci sono dei pilastri di cemento da cui penzolano dei cavi di ferro. Il Don si rassetta la giacca a vento, stira con la mano la tonaca sgualcita e si dirige senza più esitare verso il casermone.

E loro, tutti dietro, arrancano, si pestano i piedi, ciascuno tira la sua valigia, beato chi ce l'ha con le ruote e il più delle volte la valigia va a finire sui piedi di qualcun altro. Che non è che sta zitto. Insomma, arrivano all'albergo che sembrano cani e gatti.

"L'albergo è giusto?" fa il Signor Porretti, che è venuto per devozione ma in montagna c'è già stato un sacco di volte e gli alberghi di montagna li conosce. La moglie gli dà un colpo col gomito, anzi glielo infila proprio dentro il fianco: "Ma che dici, Emilio, non lo vedi che è in costruzione?".

"Sì sì, è questo" dice il Don, anche perché di alberghi non ce ne sono altri nel raggio di un chilometro.

Davanti alla porta ci sono delle tavole di legno, le finestre sono buchi vuoti, con le assi inchiodate sopra. Be', entrarci sarà difficile, ragiona lei. Ma si diverte tanto! E si son fatte le sette. Lei ha una fame... Gessica sta muta col suo muso, a due passi di distanza dal gruppone, si è messa a sedere su un cumulo di mattoni che la neve ha ricoperto solo in parte.

Stanno un po' per preoccuparsi, anche il Don, quando si spalanca una porticina proprio sul lato dove sta Gessica.

"Ah" fanno tutti, quasi tutti e sembra una musica.

Il Don raccoglie la sottana nella mano, si butta lo zaino dietro la spalla e corre verso la porticina, che non s'abbia a richiudere...

Ma non si richiude. Anzi. Esce quasi subito una bella signora con i capelli bianchi e una tuta da ginnastica, in mano ha una vanga.

"Allora, eccovi arrivati! Benvenuti benvenuti" dice infilandosi diritta dentro il gruppo, senza far troppo caso se gli capita di dar una vangata sui piedi a qualcuno.

Il Don la rincorre come una lepre e alla fine l'acchiappa.

"Buongiorno, Signora" dice col tono più educato che gli riesce fare. Il Don è un omone più uguale all'incredibile Hulk che al povero Gesù in croce, e ha un vocione che sembra sempre arrabbiato, ma invece lui è buono come il pane, è la voce che gli viene fuori forte.

"È l'albergo Genzianella?" domanda il Don. Tutto il gruppo gli tiene gli occhi addosso.

"Proprio" dice la signora anziana tutta soddisfatta. "Venite venite, entrate entrate."

Pare un po' strano entrare in un cantiere, e qualcuno non ha l'aria molto contenta. Ma poi cominciano a muoversi quasi tutti. Tutti, tranne il Signor Porretti e la moglie.

Il Don, che è abituato a badare a tutte le sue pecorelle, si gira subito e fa "Voi non venite?" con un tono così stupito che il Signor Porretti e la moglie, tutti e due con una faccia da funerale, si decidono a trascinare i loro trolley fino davanti alla porticina. Ma incespicano parecchie volte, perché il terreno è in pendenza, pieno di buche, di sassi e non sembra proprio un marciapiede.

Dentro è veramente un cantiere, ci sono i secchi della calcina, il tavolo a caprette per segare le assi di legno, attrezzi sparsi dappertutto, ma il pavimento, per fortuna c'è. È di cemento, abbastanza diritto. La signora anziana non fa una piega e attraversa tutto quello sfacelo con il sorriso sulle labbra, ripetendo la sua litania "Benvenuti Benvenuti Entrate Entrate". A Santina viene da ridere, ma si mette la mano davanti alla bocca e tira avanti, trascinandola per terra, la sua valigia di tela a scacchettoni comprata dai cinesi a 2 euro.

Di colpo, sull'orlo di un corridoio buio, la signora anziana si ferma, fa un gesto con la mano come a dire Chetatevi, perché un certo mormorio di non proprio soddisfazione è salito dal gruppo fin dalla discesa arrandolata verso la porticina e fa "Mi devo presentare!".

Sospiro di sollievo del gruppo. Non si sa perché, ma il sospiro si alza ed è forte.

"Sono Nives Corazza, la proprietaria. E questo" e indica il corridoio buio, "è il mio albergo Genzianella."

Non è tanto rassicurante.

Ma la signora Nives ha un suo certo senso dello spettacolo e appena smette di parlare si sporge rapida come un furetto e infilza una spina volante dentro una presa volante e, zac!, il corridoio ora è tutto illuminato.

E è vero che le lampadine pendono dal soffitto, ma il muro è di un bel rosa vivo e nel corridoio si aprono tante porte.

"Vi mostro le camere" fa la signora Nives e intanto stacca, da un quadro appeso al muro, una per una, tante chiavi con attaccato un numeretto di plastica. "Sono felice di dirvi che siete voi che inaugurate l'albergo."

“Bella soddisfazione” sussurra al marito la signora Porretti, ma non così piano come crede lei e tutti sentono.

Sulle porte il numero è scritto a matita, ma dentro le camere sono pulitissime, con due letti gemelli con la spalliera, il tappetino di tutti i colori nel mezzo e una bella Madonnina appesa al muro. C’è anche il lavandino, con il portasciugamani e un minuscolo specchio. Il gruppo si spinge per vedere la prima camera, ma chi è riuscito a arrivare fin sulla porta non si schioda: “Questa è la mia!” dicono tutti. “Meglio premunirsi, non si sa come possono essere le altre...” dice nell’orecchio del marito la signora Porretti e si piazza a sedere sul letto, con la chiarissima intenzione di restarci.

“Calmi State calmi” fa il Don, ma tanto non gli dà retta nessuno. Ma poi, se Dio vuole, come dice il Don, eccoli tutti sistemati, ciascuno con la sua camera e la sua chiave. Certe camere, quelle sul davanti, hanno la finestra murata, perché ancora gli infissi non sono stati montati, “Ma tanto fa freddo, e la finestra starebbe sempre chiusa” butta là la signora Nives e loro stanno ad ascoltare straniti dalla stanchezza.

“Si va a far colazione?” dice subito lei a Gessica, appena la porta della loro camera si chiude. La signora Nives ha spiegato che hanno un buono da 3 euro per il Bar Caffè Bucaneve, che è proprio in cima alla strada e che il caffè, il tè e anche la cioccolata sono a volontà.

Il muso di Gessica è lungo da Forno a Milano. Sopra c’è scritto “Te l’avevo detto!” ma Gessica non è stupida e quindi evita di dirlo. Si limita a testimoniarlo. Sta diritta come un palo al centro della cameretta, con le braccia abbandonate e la sua valigia a far da sentinella. Muta.

"Però, che bel caldo" azzarda lei, sfiorando il termosifone che in effetti è bollente. Piega la testa di lato, per fare una smorfia a Gessica.

E Gessica, alla fine, accenna un inizio di sorriso. Non che si veda, ma lei lo sa che c'è.

Allora si mette a saltellare sul letto, prova il materasso con la mano, e improvvisa una specie di balletto di felicità.

Gessica non si muove ma parla.

"Che ti aspettavi, eh, Santina? 80 euro a Capodanno è già tanto se c'è il tetto. E poi, un posto per sciare che si chiama Forno, non ci voleva tanto a capire che era una fregatura."

"Ma non è una fregatura!" protesta decisa lei. Si guarda intorno, con l'aria di una principessa che ispeziona il suo reame. "È la montagna! E poi, noi, abbiamo anche gli scuri!"

Spera che, sugli scuri, ci siano ritagliati i cuoricini. Ma non ci sono. Pazienza.

"Dài, usciamo, facciamo colazione e poi andiamo a sciare!" dice lei con la sua voce argentina.

Gessica fa una faccia cattiva.

"Tu"

Pausa.

"E io"

Pausa.

"Non"

Pausa.

"Sappiamo"

Pausa.

"Sciare."

"E con questo? Che c'entra?" Lei ha un tono assolutamente deciso, un tono che non accetta il minimo dei dubbi.

"Ti voglio vedere, con il culo per terra alla prima curva."

Ma smontare la gioia di Santina, ecco, non è possibile. Non è possibile nemmeno per Gessica, che la vita la conosce da trent'anni e sa che non ti dà niente, se nasci dalla parte sbagliata.

"Prima cosa, ci sono i maestri. E seconda cosa, gli sci vanno da sé."

"Davvero?"

Viene fuori che un certo Panigali, che fa il manovale a Gorgonzola, e stava seduto sul pullman dall'altro lato del corridoio, proprio accanto a Gessica, è stato l'ultimo a addormentarsi e allora lui e Santina si sono messi a parlare sopra la pancia di Gessica che ronfava. E Panigali ha parlato di sci tutto il tempo, e gli sci così e gli sci cosà, che ci sono questi sci corti da carving e basta piegarsi un po' sulle ginocchia e la curva la fanno loro.

"Capito?" fa Santina tutta trionfante.

Non c'è verso, Gessica deve uscire insieme a lei, nel freddo delle otto, arrancare insieme a lei su per la salita di sassi e sterpaglie e ghiaccio sporco e bisogna stare attentissime a non scivolare, e tenersi per mano, che è sempre una cosa bella.

Gessica fa fatica a tenere il muso perché ha il fiatone. E finalmente, sono arrivate in fondo alla stradina e, dopo duecento, trecento metri, Gessica non saprebbe calcolare la distanza esatta, ma certo non è proprio "dietro l'angolo" come aveva detto la proprietaria, si vede un distributore di benzina e sulla piazzola una costruzione prefabbricata, grigia, di lamiera, con una insegna che dice "Bar Caffè Bucaneve".

Il Don è già lì a tenere la postazione. E anche a ingozzarsi di krapfen e di cappuccini. Ha aperto sul tavolino la guida e una decina di dépliant. Proprio accanto alla porta c'è un espositore con quattro file di scaffali e sopra ci sono dépliant da estate, da inverno, con gli sci, senza sci, coi cavalli, le slitte, i campi da tennis, le bocce, i birilli, le bici e su quasi tutti ci sono o una famiglia papàmammabambinobambina o una coppia di ragazzi che si baciano.

Bel posto, Forno.

Loro due prendono la cioccolata a volontà, una brioche per ciascuna e si vanno a sedere accanto al Don.

"Siete le prime" fa lui. E le squadra come per controllare che siano tutte intere. "Non siete stanche, voi?"

"No, per nulla" fa Santina. Gessica resta muta. Mastica.

"Ma lo sapete, voi" e qui il Don prende un bel respiro che fa capire che non smetterà tanto facilmente di dire quello che loro due non sanno, "lo sapete, voi..."

"Cosa?"

"... che questa bellissima località, Forno di Zoldo, dal Quindicesimo al Diciassettesimo secolo è stata un importante polo metallurgico in orbita veneziana, specializzato nell'estrazione di ferro, piombo, zinco e nella siderurgia?"

"Ah, ecco" sbotta Gessica. Santina la guarda stupita. Forse la sversatura gli sta per passare.

"E lo sapete, voi..."

E chi lo ferma, il Don?

"... che si compone di ventisette frazioni in questa aperta e bella conca la cui altitudine va da un minimo di 825 metri a un massimo di 1200 circa? E che il fiume Maè purtroppo ha spesso allagato queste povere case, facendo danni notevoli?"

Certo, dispiace.

"E lo sapete voi..."

Ormai loro due sono rassegnate e si consolano con la cioccolata a volontà.

"... che le montagne spettacolari che qui vedete circondare il cielo del loro fulgore sono le celebri Montagne delle Dolomiti e offrono piste da sci di varia difficoltà ma tutte assai belle? Sono denominate Area Civetta Superski Dolomiti."

"La scuola di sci c'è, vero?" chiede Santina in un soprassalto di preoccupazione.

Il Don si appoggia cauto alla spalliera della sedia di plastica e la guarda diritto negli occhi, come quando confessa.

"Sai sciare, tu?" Si volta verso Gessica: "Sapete sciare, voi?".

"Sì!" "No!" rispondono loro due, contemporaneamente.

Il Don pare soddisfattissimo di questa inquietante risposta.

"Bene, ho una bella sorpresa!"

Un'altra, pensa Gessica. Ormai non si fa nessuna illusione. Ma nemmeno prima di partire, se ne faceva.

"La Scuola di Sci Civetta con sede a Pecol di Zoldo Alto conta 40 maestri tra i migliori delle Dolomiti e fa parte del nostro pacchetto. La lezione..." le guarda con un misto di compassione e di autorevolezza "comincia..."

Le pause del Don sono un po' fastidiose, bisogna riconoscerlo, senza offendere.

"... alle dieci! Ma dovete essere al punto di ritrovo mezz'ora prima. Sicché..."

Santina è già in piedi, Gessica resta a sedere.

"Dovete correre! E ricordatevi di fare prima lo Skipass Dolomiti Superski, vi conviene per due giorni, costa meno. E non vi scordate che alle cinque c'è la Messa e poi a seguire il Rosario in albergo, siamo qui anche per lodare il Signore."

Il Don si ripiega dentro la sedia, sopraffatto dalla fatica della spiegazione così dettagliata, ma lui non ci può fare niente, lui è così, uno che non si risparmia, in nulla.

Però è bravo, il Don.

Ha pensato a tutto.

Il campetto è strapieno di gente, soprattutto mamme con bambini piccoli e agguerriti. Tutti con il loro casco e i loro piccoli sci. Sono buffi da vedere, sembrano i nani di Biancaneve. Gessica e lei si fanno largo nel vociare verso una capannuccia di legno dipinta di rosso dove c'è un cartello "Scuola Sci Civetta". Si passa una specie di portico, si apre una porticina e dentro c'è ancora più confusione che fuori, perché lo stanzino è piccolo e le persone tante. Ci fa un caldo. Lei si sgancia la giacca a vento e si leva il casco che ha avuto in regalo da Don Marco perché non si sa mai. Arriva diritta davanti a un bellissimo maestro vestito con una magnifica tuta arancione, con la faccia indurita dal sole e un sorriso con i denti bianchissimi.

"Ciao" fa lui.

È il maestro Venanzio, come si vede sulla targhetta col fiocco di neve con scritto "Scuola Sci Civetta".

Proprio figo questo maestro Venanzio.

"Ciao, sono Santina" dice lei e intanto si sistema i capelli col ciuffo dal lato che le sta meglio. Spiega che fa parte del Gruppo del Grest di Gorgonzola, che è convenzionato. Il maestro Venanzio si alza subito, dice Ma certo, vi aspettavamo e chiama la maestra Marika, come si vede dalla targhetta.

Le tocca dire alla maestra Marika che, be', lei non ha sciato mai e nemmeno la sua amica Gessica, che sarebbe quella che è vicino alla porta, in fondo. Per fortuna, la maestra Marika non si fa né in qua né in là. Anzi. Si mette a ridere e dice "Ma benissimo! Sennò, qui, noi maestri che ci staremmo a fare?".

Lei respira di sollievo. Questa faccenda dello sci la preoccupava, un pochino. Invece, vedi che aveva ragione il manovale: tutto facile.

"Gli sci ce li avete?" domanda Marika.

Le tocca dire di no. Però lo Skipass Dolomiti Superski sì.

"Brave! Costa meno e così sciate anche domani, che sulle piste non c'è nessuno perché tutti si preparano al veglione."

Uhm, deve essere un po' triste sciare da soli. Pazienza.

Gli sci si prendono a noleggio nel negozio attaccato alla Scuola, e ti danno anche le racchette e gli scarponi. Prezzo speciale 30 euro per due giorni. Gessica la guarda storto. Ma lei ha i 100 euro che le ha mandato la mamma per Natale e senza dire nulla paga per tutte e due.

Grazie, sbuffa Gessica. E poi guarda gli sci come se mordessero. Gli è anche seccato, e non poco, dover dire davanti a tutti quanto pesa. Perché gli sci bisogna calibrarli sul peso, ha spiegato Marika. Se cadi, loro si devono staccare subito. Altrimenti ti spacchi una gamba.

"O la testa" fa Gessica.

La maestra Marika ride di nuovo, sono gente allegra, questi della Montagna. "Vedrai che non cadi!"

Gessica continua a fissare gli sci. E non risponde.

Le hanno messe nel corso bambini dai 5 ai 12 anni. È un po' imbarazzante. Ma di altri principianti non ce n'era.

I bambini sono agguerritissimi, sembrano tutti campioni del mondo, con le tute tecniche, il casco, la maschera, gli scarponi aerodinamici. Loro due sono troppo alte, anche lei, che di suo è bassetta, ma in confronto ai bambini svetta. E poi l'attrezzatura è un po' modesta. Jeans, maglione a disegni di H&M, sciarpona e guanti di lana. Gessica non ha neanche il casco, purtroppo non lo affittano.

I bambini sono arrivati a Natale, si conoscono tutti e sono cattivi come i bambini quando sono cattivi.

Ridono, si spanciano, fanno boccacce. Tutto per loro due.

La maestra Marika li fa stare zitti, ma si capisce che tanto non dura. Gessica ha un muso che arriva fino in Sicilia.

"Menevado" fa.

Ma lei la convince a rimanere, tanto imparano subito e a questi bambini gliela fanno vedere loro.

La maestra Marika è proprio una brava maestra, non lascia indietro nessuno. Infatti, ricomincia la lezione dal primo giorno.

E così per salire prendono la manovia Palma.

C'è una fune all'altezza della mano, ti aggrappi e la fune ti tira su. Figo!

Peso avanti. Ginocchia flesse. Gambe larghe.

I bambini protestano, loro sanno già tutto!

La maestra Marika li rimette al loro posto e fa "Non si impara mai abbastanza".

Non che la manovia Palma arrivi molto lontano, ma un pezzo di montagna è fatto. Ora bisogna scendere.

Sguardo a valle. Busto piegato in avanti. Se tenete il busto piegato in avanti, non potete cadere.

Lei e Gessica sono le ultime della fila, già stare in piedi sugli sci non è tanto facile.

Vai!

Vai!

Vai!

Uno dopo l'altro, i nanetti cattivi volano giù dal pendio, che non è tanto ripido ma nemmeno in piano.

A lei avrebbe fatto piacere cominciare in piano, ma ormai la classe era troppo avanti.

La maestra Marika controlla che i nanetti siano arrivati in fondo sani e salvi e poi si volta verso loro due e dice, calmissima Ora scendiamo.

Santina ha un tuffo al cuore.

"Seguite me, fate tutto quello che faccio io, è facile, ve lo prometto" dice Marika.

E parte.

Santina vede la scia, il disegno rotondo delle curve. Le code degli sci sembrano serpi. Si alza, a ogni curva, una nuvola di neve polverosa, che brilla nel mattino dorato.

Né Santina né Gessica si sono mosse.

La maestra Marika ha chiuso la discesa fermandosi in uno spolvero di neve, accanto alla fila dei bambini.

Guarda in alto, le vede e agita un bastone per dire Su Su Coraggio.

Santina e Gessica non si muovono.

Al terzo tentativo, Marika si rassegna. Piazza i bambini sul lato della pista, li fa sedere nella neve e, a scaletta, risale su, dove sono loro due.

Adesso non ha più la faccia sorridente. Anzi, pare piuttosto arrabbiata. Dice che se loro sono qui è perché vogliono sciare, giusto?

Giusto.

E che se vogliono sciare, devono cominciare, giusto?

Giusto.

Silenzio.

Lei si fa forza. "Come si fa a curvare?" azzarda. Parla così piano che Marika si deve avvicinare col viso al suo visino. Intorno a loro sfrecciano miriadi di sciatori, tutti sicurissimi e espertissimi. Un rumore come di treno sulle rotaie. Istintivamente, Santina si butta per terra.

Un ragazzo con lo snowboard le passa quasi sui piedi. Marika le tende la racchetta, alla rovescia, come un salvagente e Santina, istintivamente, ci si aggrappa. Eccola, è in piedi. Si guarda, stupita. Sì, ha i jeans pieni di neve, la faccia graffiata, ma è intera. E è in piedi. Allora è capace. Allora ci riesce. Allora può sciare.

Gambe larghe. Busto in avanti. Peso in avanti. Punta le racchette. Datti la spinta. Vai!

Va. Sta andando. Sta sciando. Le curve lasciano una scia morbida, una esse che non finisce mai.

Ma allora è vero! Gli sci curvano da soli. Basta piegarsi e loro girano. Ma è magico! È super! È fantastico!

In un momento, eccola accanto ai nanetti cattivi. Ora sono loro che la guardano a bocca aperta. Lei li supera, anche perché non sa bene come fermarsi. Una curva, due curve. E all'improvviso è ferma. Il pendio è finito. Gli sci si sono fermati.

Da sé.

Gessica è rimasta in cima alla discesa e ci resterebbe fino a buio, fosse per lei, ma la maestra Marika le dà un colpetto sulla schiena e Gessica parte traballando, gira la testa di qua e di là, disperata. Piegati Piegati, urla la maestra. E Gessica si piega. Non così, fai come quando sei sul water, urla la maestra. E Gessica, tramortita dalla vergogna, sente le ginocchia piegarsi e finalmente curva. Arriva in fondo senza cadere, ma ha la faccia grigia. Santina invece si diverte moltissimo, a ogni discesa si sente più sicura, e, verso la fine della lezione, azzarda qualche tratto a sci uniti.

"Ci sei portata" stabilisce Marika, prima di salutarle dando loro l'appuntamento per il giorno dopo. E poi dice "Domani sulle piste non c'è nessuno, per imparare è l'ideale."

L'aveva già detto, che non ci sarà nessuno a sciare domani.

Strano che lo ripeta.

Tornano all'albergo che sono le quattro passate, perché lei non ha voluto sentir ragioni, non c'è stato verso di farla smettere. Anche quando le tre ore della lezione erano finite, lei ha continuato a salire e a scendere, e Gessica si è dovuta rassegnare. Si seduta sulla panchetta del Parco Giochi Bimbi, accanto a un elefante gonfiabile rosso e viola, e ha aspettato. Sarebbe potuta andare via, invece ha aspettato. Dopo un po', lei ha cambiato la manovia Palma con lo skilift Campetto e da ultimo si è fatta coraggio e si è azzardata a salire in alto in alto con la Seggiovia Valgranda, come facevano gli altri sciatori. Un po' la preoccupava la faccenda di mettersi a sedere a tempo, ci teneva a non finire col sedere per terra davanti a tutti. È rimasta per un po' ferma a guardare, per capire come funzionava e a un certo punto, a sorpresa, l'addetto le ha fatto un cenno Vieni Vieni Svelta e lei non ci ha pensato più, ha spinto in avanti gli sci e si è ritrovata a sedere. E che panorama, che bellezza, tutte le montagne splendevano che le potevi toccare. Quasi. Ma meglio che dallo skilift. Anche da lassù, che era più ripido, si è buttata veloce, sicura, come se avesse sciato da quando era piccola.

Gessica ha la faccia stranita, quasi piange dal male che le fanno gli scarponi. Per scendere, è scesa, ma si è capito che lei, per sciare, non c'è portata.

CORTINA
Circolo del Telemark
Cadin
Ore 20.47

Un rombo. E poi inchioda al centro dello spiazzo.

"Non è che la molli qui in mezzo, eh, toso" dice Amerigo, ha quasi sbattuto la faccia sul cruscotto, si dimentica sempre che Sigi guida come un pazzo.

Lui tira con noncuranza il freno a mano, si toglie i guanti, guida sempre con i guanti da macchina e si sporge per riporli nel cassettino davanti alle ginocchia di Amerigo.

"Guarda che il Presidente si incazza."

Lui ha già aperto la portiera.

Scende, le lunghe gambe infilate in un paio di jeans da poveretto, come dice sua madre, i piedi senza calze nei mocassini Tod's. Butta all'indietro il ciuffo che gli è caduto sugli occhi. Occhi azzurro sbiadito, quasi trasparente, bucati da un cerchio verde vivo proprio intorno alla pupilla.

La Ferrari 458 Italia è un puma pronto a scattare, grigio, lucente. La notte chiara incide i costoni della montagna. A sinistra, dietro Castello, palpitano le luci di Cortina e c'è tutto intorno una pace sospesa che il rombo ha incrinato solo per un attimo.

Una via di lumini a olio frigge a indicare la strada. La passatoia verde comincia subito alla fine del parcheggio e porta all'ingresso.

Lo chalet ha le finestre spalancate, deve farci un caldo pazzesco. Su ogni davanzale, un festone di aghi di abete punteggiati dal rosso del caprifoglio, dalle gocce di lacrime del vischio.

La ghirlanda di pigne e nastri rossi, appesa sulla piccola porta, sbatte sul vetro quando loro entrano.

Come un avvertimento.

La segretaria è in piedi accanto al tavolo sistemato vicino al guardaroba, si chiama Nina, viene dalla Moldavia e sembra che si vergogni di essere arrivata fino lì. Tiene le mani incrociate dietro la schiena e ogni tanto guarda di qua e di là piena di ansia, anche se non c'è nulla da vedere, perché una seconda porta, di legno massiccio, separa l'anticamera dall'ingresso del Circolo.

"Buonasera Marchese, Buonasera Conte" dice, e le trema la voce. "Se volete..." Deglutisce. "Se voi volete firmare..."

Loro sono già dentro.

"... il libro delle Presenze" finisce di dire alla porta che subito si è richiusa.

La piccola stanza dell'ingresso, tappezzata di boiserie di pino e di vecchi sci da telemark, è intasata di gente che si saluta. Come sono belli, pensa Nina, che è innamorata del Signor Marchese e ha socchiuso piano la porta, ansando di paura, per poterlo guardare da lontano. La testa spettinata di Sigi sovrasta la folla e Nina si fa piccola piccola, mentre respira contro lo spiraglio del mondo che non le appartiene. Se si voltasse. Se la vedesse. Se la guardasse. Le esce dal petto un sospiro. Nina resta lì, incollata alla speranza, e guarda. La folla palpita di abbracci, di sfioramenti, di risate. Si capisce che sono tutti amici, che si conoscono fino da quando erano bambini, che basta loro una increspatura delle labbra, uno sguardo in tralice per dirsi un lungo discorso. Le donne portano pantaloni di camoscio, stivaletti, gilet ricamati, giacche da caccia. Si muovono fluide, eleganti, hanno sorrisi lucenti, lunghi capelli perfettamente lisci. Le più anziane sono vestite con il dirndl, il costume tirolese, frusciano di damasco, di sete, rosse, verde smeraldo, oro, ansimano per il caldo e qualcuna si fa aria con un ventaglio. Gli uomini vestono tirolese anche loro, giacca da sera di velluto, giacca da caccia di lana cotta blu o di loden verde scuro, i bottoni di corno a chiudere il risvolto. Alcuni portano, sotto, un maglione a collo alto e sono quelli che soffrono di più e ogni tanto escono fuori, nel freddo, con la scusa di andare a fumare. Al tavolo d'angolo, proprio accanto al bar, stanno seduti i Padri Fondatori, inchiodati ai loro ottanta anni come in croce, ma vivi, vispi, con certi occhi da furetto che i giovani nemmeno si sognano. Guardano la calca per cercare qualche bella ragazza da invitare a sedere insieme a loro. Le regole non scritte del Circolo, che sono le peggiori, impongono che l'invito di uno dei Padri Fondatori non si possa rifiutare. Il che vorrebbe dire passare tutta la festa a cercare di capire frasi bofonchiate, spiritose ma inintelligibili, e a rispondere a domande piuttosto intime, con le gambe informicolite dall'obbligo di non potersi alzare. Ele, Maria Sofia, Martina sono passate il più lontano possibile da quel tavolo, ma Bea c'è caduta dentro e ora guarda sperduta tra schiene, sederi, facce, per cercare una via di scampo.

Il ghigno di Amerigo si materializza come un miracolo.

"Amerigo Amerigo" si agita Bea e la camicetta di pizzo sobbalza con lei, per la gioia degli ottantenni che sono ancora perfettamente in grado di apprezzare un bel seno non rifatto.

I Padri Fondatori si dispongono a godersi una bella scenetta.

E infatti Amerigo arriva subito, e strizza i suoi occhi tagliati nel legno per decifrare nella penombra le loro facce. Subito abbraccia Patrizio Pastore (Roma, costruzioni edili), dà una pacca da coetaneo a Amedeo Ceretti (Bologna, commercio di rame) e piazza una manata sulla spalla di Gregorio dal Pian (Venezia, profumerie). Ha subito portato aria fresca, i Padri Fondatori se ne rallegrano. Amano molto questo giovane Badoer, sembra loro quando erano giovani. Anche lui sa che il mondo è di chi se lo prende.

"Siediti, ragazzo" lo invita Pastore, che è Cavaliere del Lavoro e decano dei Padri Fondatori rimasti (ogni anno ne muore uno, ma questi tre sembrano impermeabili alle disgrazie dell'età e hanno l'aria di voler seppellire tutti i presenti).

Bea boccheggia.

"A me non mi baci?"

Amerigo, che è in buona, butta attraverso il tavolo un bacio a mani giunte, che non è per nulla quello che voleva Bea. L'ha fatto proprio per questo.

Chiacchierano tra maschi, la povera Bea passa il dito sull'orlo della flûte di champagne dove lo champagne è finito da un pezzo. Ne esce come uno strido di uccello moribondo. Ma è solo lei che lo sente. La folla continua a sfiorarsi, a baciarsi, a toccarsi le braccia, i gomiti, le spalle, a spingersi. Le sottane dei dirndl si spiaccicano contro il bordo dei tavoli che sono stati accostati alle pareti per fare spazio. Ma adesso i jeans sono in maggioranza, i ragazzi e le ragazze scherzano tra loro, i maschi si danno pacche sulle spalle, le femmine si sussurrano all'orecchio, e c'è una energia nuova e viva, tintinnare di bicchieri, di collane, corpi che si urtano in uno scoppio di risate. Fa molto caldo. E c'è come un'onda di respiri, di sorrisi, una allegria che cresce svelta e bacia benevola i visi, che ora luccicano alla luce delle candele.

Bea guarda gli altri che si divertono, disperata.

Dal pozzo della scaletta che va nelle cucine, sale il profumo dell'arrosto di cervo con i mirtilli, piatto faro del menù del Circolo. I vecchi camerieri in livrea blu e gialla, i colori del Circolo, hanno rinunciato a far girare i vassoi con gli aperitivi e ora sono asserragliati dietro il buffet. Marzio, il Maestro di Casa, rumina con il ramaiolo d'argento la coppa del Negroni, Gorizio versa il Bellini nelle flûtes, con circospezione, perché le sue mani di carta lo tradiscono spesso. Vociò, tintinnii. Caldo greve di fiati.

E poi tutto comincia.

I giovani sono al piano di sopra. Come a una specie rara e preziosa, è stata loro riservata una zona un po' in disparte del Primo Piano, dietro le colonne, sul soppalco. Ci si arriva salendo la scala a elle, tappezzata con le foto dei campioni del Circolo, che negli Anni Cinquanta pare abbiano vinto anche alle Olimpiadi. Uomini tutti belli, tutti racés, tutti vestiti con i pantaloni elasticizzati e il maglione norvegese, perfettamente eleganti. Sul muro opposto, la processione delle Socie campionesse, tutte belle, tutte racées, tutte vestite con i medesimi pantaloni elasticizzati, ma invece del maglione norvegese, portano golfini a rebecca a cui hanno sganciato solo il primo bottone, un filo di perle e guardano con certi occhi così brillanti che ti fanno credere a tutti gli intrighi amorosi del tempo che fu, di cui si tiene accurata memoria orale. Il Circolo, come ogni Circolo, è un teatrino privato dove ogni sera cambiano i protagonisti, ma lo spettacolo resta lo stesso. Il più delle volte, pensa Amerigo, sono fregature.

Si alza, di colpo.

"Ciao, Padri, il dovere mi chiama" e regala ai tre dell'autorevole consesso una strizzatina d'occhi che li restituisce interi ai loro vent'anni.

Bea è atterrita. Accenna un movimento sulla panca, come se stesse per alzarsi anche lei.

Ma Amerigo non ha mai aiutato nessuno in vita sua.

"Ciao, Bea, te li lascio tutti, falli divertire."

Sparisce, risucchiato nella melassa di damasco, loden, bottoni dorati, riccioli, barbe.

"Lor Signori sono serviti" annuncia con tono solenne alla Presidentessa il vecchio Marzio, tutto compreso nel ruolo di Maestro di Casa. La responsabilità di mantenere le venerande tradizioni del Circolo del Telemark, il più antico d'Italia, fondato quando le macerie della guerra erano ancora calde, è del personale, lui lo sa. Sono loro, maggiordomi, cuochi, governanti, camerieri, gli ingranaggi di questo mondo impenetrabile. Spetta a loro fare in modo che ogni cosa sia al suo posto. I piatti con lo stemma del Circolo, i pesanti vassoi d'argento con i manici incisi, i candelieri di corna di cervo, le sedie di velluto mordorè. Sono loro che aprono e chiudono le tende di canapa tessuta a mano in modo che non siano né troppo aperte né troppo chiuse, sono loro che attizzano i caminetti perché non facciano né troppa fiamma né poca, loro che conoscono quale cocktail ciascuno desidera bere, e quanto spessa deve essere tagliata la fetta dell'arrosto perché non sia né troppo misera né troppo ricca.

"Lor Signori sono serviti" ripete Marzio, ha alzato il tono della voce, drizzato le spalle. Tiene il gong nella mano sinistra e il battaglio nella mano destra. Batte un solo colpo.

Ubbidiente, la folla si sposta nella stanza da pranzo, in un tintinnare di voci e di cristalli. Marzio si scosta per farla passare e approfitta per buttare svelto uno sguardo alle tavole, vede una tovaglia con la piega sbagliata, due bicchieri fuori posto al tavolo d'angolo, ma è troppo tardi, ormai, per riparare. Si china sul tavolo centrale e allinea in parallelo perfetto le due forchette col manico d'osso del posto a capotavola, appena in tempo, il Presidente si sta sedendo. Finché non si siede lui, nessun altro può farlo.

Al Circolo, le regole sono le regole e senza non si va da nessuna parte, pensa Marzio. Si avvia verso l'ingresso e intanto risponde con deferenza ai soci che lo salutano per nome, lui sa quale è il suo posto. Mentre sparecchia con perizia il buffet degli aperitivi, Marzio si ferma, per un attimo, soprappensiero. Quando Donna Astrea lo salutava con un cenno breve del capo, lui si sentiva colar via il sangue dal viso. Donne così non ce ne sono più, pensa. Belle sì, eleganti anche, ma quel mistero, quella follia, il profumo di quelle schiene nude che esalavano aromi di gelsomino speziato, il modo in cui scuotevano la testa per dire no e volevano dire sì... Si riscuote. Il personale è un giudice esigente, perché deve obbedire, riflette Marzio. E siccome si è distratto, fa un movimento falso col busto e la sua ernia lo trafigge.

Nina, la segretaria, è subito accanto a lui. "Stai bene?" sussurra, attenta a non farsi sentire dagli altri. Marzio dovrebbe essere già in pensione, ma il Consiglio Direttivo sa che, lontano dal Circolo, morirebbe e così è stata fatta apposta per lui una deroga.

Il viso del vecchio Marzio è impietrito dal dolore, ma lui si sforza di trovare un sorriso.

"Sì Sì" dice sbrigativo. Ma un bicchiere alto, da vino rosso, gli sfugge dalle dita e si schianta sul pavimento di pietra, in uno sfolgorio di cristalli.

Maria Sofia è già seduta in braccio a Sigi, al centro del tavolo dei Giovani. I Vecchi, come li chiamano loro, sono impegnati nel rituale di trovarsi un posto. È uno dei giochi più cattivi che si facciano al Circolo. Perché il Circolo è un mondo beato e irraggiungibile, difeso da amicizie vere e solide, che risalgono su, in alto, generazione dopo generazione. Ma è assediato da torme di aspiranti che, i vecchi soci lo sanno bene, intenderebbero utilizzarlo solo per farsi i loro comodi. Parvenu che lo considerano un trampolino sociale, poveretti che spendono a ogni frase cognomi illustri millantandone l'intimità. A ogni festa, c'è sempre qualcuno che non si sa bene chi sia né come abbia fatto a essere invitato. E che non tornerà mai più. E dunque i tavoli sono tutti uguali, all'apparenza. Ma vige invece una graduatoria feroce, e il tavolo sbagliato è una ghigliottina. La tua testa finisce nel cesto e le Tricoteuses in costume tirolese continuano a lavorare a maglia, indifferenti. A ogni festa, il Circolo lascia qualche cadavere sul campo.

Amerigo si guarda intorno.

Stasera toccherà probabilmente a Gianni Spogli, che è tutto proteso a sistemarsi il culo al tavolo di Longaretti e del Senatore Visci, perché è deciso a diventare il Presidente di un "Tavolo Pubblico-Privato per i finanziamenti alle PMI" che non servirà a nulla, tranne che a dargli uno stipendio. E lo stipendio gli serve, perché vive a debito da parecchi anni, anche se da fuori spende e spande e racconta di progetti mirabolanti che invece non partono mai. Ma potrebbe toccare anche a Bruna Fracassi, perché è andata a letto con il marito sbagliato e la moglie, quella giusta, non gliela farà passare liscia. Bruna Fracassi ha sbagliato anche vestito. Porta un lungo camicione nero intessuto di perle e di jais, ignara del fatto che, al Circolo del Telemark, l'abito da sera da città non si indossa mai. Mentre si aggira tra i tavoli, inclinando la testa in un modo che lei crede grazioso, Bruna Fracassi tintinna come una mucca svizzera. Le trema anche il cuore. Lei non c'entra, con loro, lo sa, lo sapeva. È stato un caso che il falegname di Bona de Jovene abbia fatto il suo nome come decoratrice, un caso che Bona de Jovene abbia avuto il capriccio di affidare a lei, che abita a Longarone, su un altro pianeta, l'arredo di Villa Renata appena comprata a Pocòl, un caso che a scegliere la stufa di porcellana sia venuto invece il marito di Bona de Jovene, che sfortunatamente ha gli occhi azzurri, un caso che la stufa fosse stata trovata da un robivecchi di Borca e che il robivecchi avesse il suo buco proprio accanto all'affittacamere "Il roseto". Bruna Fracassi si affaccia ai tavoli ma c'è sempre qualcuno di guardia. Domanda se c'è un posto. Parrebbe di sì. La maggioranza delle sedie sono ancora vuote. Invece no. Non c'è mai un posto, a nessuno dei tavoli dove Bruna Fracassi domanda di essere ammessa con la voce che ormai si incrina.

"Non farmi sedere con Razzoni" dice Gaetano Costaglione alla moglie. Da ogni tavolo, si agitano mani a chiamarli. "Qui qui, vi ho tenuto il posto!" Dal tavolo da dodici, rotondo, quello che conta più di tutti, il Presidente li invita con un gesto largo del braccio. Razzoni si materializza accanto a loro. "Peccato, temo che non ci sia più posto" dice con garbo Drusilla, mentre si accomoda sulla sedia che il cameriere le ha scostato. Razzoni scodinzola via disperato.

Filo Carminati ha appena ricevuto in regalo dai suoi, per il Master all'ENA, una Range Rover Freelander 2 e sta incollato a Sigi, discutono del sistema Track per trazione sulla neve, delle finiture Sparkle Silver.

"Che palle."

Sollevano lo sguardo.

È Bea.

"Ma non eri inchiodata al tavolo dei Padri Fondatori?" dice Amerigo, che non molla mai Sigi e anche adesso è seduto accanto a lui.

Bea agita i lunghi capelli biondo Marilyn (li ha appena tinti da Liborio e ne è molto fiera, Liborio è un genio) e scuote la testa a compatirlo. Da lontano, il Cavaliere del Lavoro Patrizio Pastore le fa un cenno d'intesa.

I Padri Fondatori sono sempre imprevedibili.

Maria Sofia sussurra appiccicandosi all'orecchio di Sigi, lui le regala una carezza distratta, le ruote della Freelander gli interessano in tutta evidenza molto di più di qualunque proposta lei possa fargli.

Bea è più furba.

"Proviamole queste ruote, no? Facciamo un giro."

Guarda Sigi, anche se la Range è di Filo Carminati.

Li ha spiazzati. C'è un momento perfetto in cui Bea sente di aver vinto. E il momento perfetto che viene subito dopo è Maria Sofia scrollata giù dalle ginocchia di Sigi, e Sigi che agguanta le chiavi con cui Filo giocherella e scosta la sedia e dice "Andiamo, Piccola" e loro due, uno dopo l'altro, in fila, sotto il naso di tutti, attraversano il salone scivolando tra i tavoli, come se ballassero, e ora sono nell'ingresso e il vecchio Gorizio, che sta sciacquando i bicchieri nel minuscolo lavandino del bar, per portarsi avanti, perché è stanco e non vede l'ora di tornarsene a casa, solleva la testa a guardarli e Sigi le tiene aperta la porta che dà sulla anticamera e poi la porta che dà sulla terrazza e la segretaria Nina li guarda con gli occhi sbarrati e ora sono nel piazzale, e le macchine luccicano sotto la luna, in questa notte con il cielo basso intessuto di stelle.

E ora sono in macchina, e la pelle dei sedili color cognac sa di nuovo e anche Bea sa di nuovo, di "Angel" di Thierry Mugler, mentre Sigi le morde un capezzolo.

La Range romba giù per le curve larghe che portano allo Stadio del Ghiaccio, Bea si appoggia tranquilla allo schienale, mette la mano aperta sulla cerniera dei jeans di Sigi e lo massaggia delicatamente, la testa girata verso il finestrino.

Lui parcheggia nel piazzale deserto davanti allo Stadio.

I lampioni mandano una luce collosa. Bea intravede un mucchio di neve sporca. Sgancia la cintura di Sigi, gli apre i jeans. Scodinzola per abbassarsi i pantaloni e gli monta addosso.

È un momento perfetto lunghissimo.

Verso mezzanotte, mentre gli altri ballano (i tavoli sono stati accostati alle pareti), Sigi e Bea tornano al Circolo del Telemark. Bea sguscia dentro (la segretaria Nina la guarda con gli occhi sgranati) e si rinchiude in bagno a rifarsi il trucco.

Sigi resta seduto dentro la Range e si accende una sigaretta.

Chi se ne frega delle chiavi di Filo. Prova l'impulso di buttarle nel Boite che brontola qualche metro sotto il parcheggio. Invece le lascia infilate nella accensione, pazienza se gli si scaricherà la batteria, a quel coglione di Filo.

Ora passeggia nel parcheggio buio, come un visitatore della sua vita. Sfiora il cofano delle Audi, delle Bmw, delle Toyota. Spezza uno specchietto, così, per nulla.

Ora è davanti alla sua Ferrari.

Cambio idraulico a 7 rapporti, motore V8 di 90°, telaio in lega di alluminio aerospaziale. Manettino Ferrari di derivazione Formula Uno.

Deve essere bello buttarsi dentro una pista, spararsi via dentro una capsula rossa, correre incontro alle curve, e poi mangiarle dentro un rombo che non finisce mai.

Accarezza la macchina come se fosse viva. Poi fa un passo indietro, un altro, si sposta su un lato. La luce della luna illumina il finestrino dalla parte del guidatore. Per la prima volta, lui si accorge che ha la forma arcuata di un occhio. Un occhio non umano. Un occhio senza palpebre, impossibile da chiudere. Più nero della notte.

È allora che si ricorda delle balene. Era giugno, la luce ininterrotta del Nord li caricava di energia, e non lasciava posti dove nascondersi. Avrà avuto dieci anni, era il loro primo viaggio insieme "tra uomini". Erano arrivati in Islanda solo da un giorno, ma subito suo padre aveva organizzato in modo da salire su una delle navi per la caccia. Si ricorda il Porto, con le navi arrugginite alla fonda, i nomi pieni di y, di j, di k, che si sforzava di leggere. Non aveva idea di che cosa fosse la caccia alle balene. La battuta ai fagiani la conosceva bene, anche le cacciate ai cinghiali in Maremma. Suo padre se lo portava sempre dietro nei gabbiotti delle poste, lui si sedeva per terra e giocava di nascosto con la macchinina che si era messo nella tasca della sua giacca Barbour mentre suo padre puntava. Si era abituato agli spari, al rantolo delle bestie morenti. Alzava solo un po' la voce. Brum BRUM BRUUUUM. La macchinina gli correva sul braccio mentre il guardiacaccia correva a sventrare il cinghiale.

Ma non era preparato a quello che invece suo padre lo portò a vedere in Islanda.

Le balene non erano grandi come se l'era immaginate. Stavano tutte insieme, a pelo d'acqua, in un golfo stretto e lungo. Giocavano. Saltavano sopra le onde schioccando la coda come una frusta e poi si inabissavano lentamente, e ogni tanto spruzzavano fontane d'acqua bianchissima. Dal ponte della baleniera, dove lui e suo padre avevano avuto una postazione privilegiata grazie a un mazzetto di corone extra, sembrava di poterle toccare.

Un balenottero color dell'argento saltava tra le onde proprio sotto la chiglia, felice. Tirava su la testa, in una nuvola festosa di schizzi, e poi ricadeva giù, e spariva.

Di colpo, la fontana diventò rossa di sangue.

Era cominciata la caccia. Tutto intorno al balenottero il mare si tinse di rosso. L'aria si riempì di colpi, di urla e, su tutto, un grido acuto, come un bambino lontano, che piangeva. Era il lamento delle balene morenti. Le code immense battevano l'acqua trafitte dagli arpioni, e il sangue allagava il mare. Sporgendosi dalle barche, gli uomini le imbrigliavano per le pinne nel reticolo delle cime mentre ancora agonizzavano. Il dolore sommergeva tutto. Una povera bestia ferita penzolava lungo la chiglia, colava sangue. La tiravano su con la cima dell'arpione, la carne si era aperta sulle viscere. E vide l'occhio. Un occhio, obliquo, sporgente, nero nero, che lo fissava. Un occhio così triste che gli entrò dentro il petto e non è uscito mai.

Per questo, ora, lui è dentro la Ferrari. Per questo, ora, lui mette in moto e arriva a cento in tre secondi, e il rombo spezza la pace della valle, sveglia chi dorme nelle bianche casette di Cadin, agguanta allo stomaco i contadini che stanno mungendo le vacche, nei capannoni di prefabbricato piegati dalla neve, fa sussultare i vetri dei piccoli alberghi vicino alla Statale 51. Volano via schiantati di terrore stormi di corvi e le cime degli abeti enormi si piegano di paura.

Solo dentro lo Chalet il rombo non arriva.

E ora lui corre, corre per correre, attraversa Chiave, Majon, si lascia sulla sinistra la salita che porta all'ospedale Codivilla, Corso Italia, Piazza Roma, Peziè Zuel Campo Salieto e poi giù verso San Vito Borca Pieve di Cadore.

Il rombo invade la valle e gli divora i pensieri.

Longarone.

Si ferma al bivio, proprio sotto la chiesa.

Un cartello dice:

Statale ex 251

Forno di Zoldo km 18.

Nel letto dove dorme un sonno agitato, Santina ha un sussulto, si sveglia. Le pare di sentire un rombo, un rombo che arriva chissà da dove, dalle viscere delle montagne e cresce e cresce e alla fine si mangia tutta la valle.

Lunedì
31 dicembre 2012

FORNO DI ZOLDO
Cabinovia del pian del Crep, m. 1760
Stazione di arrivo
Ore 10.15

Il paese è un puntino in fondo in fondo.

“Siamo alti” dice Gessica e guarda in basso con la faccia così bianca che è quasi verde.

Lei le viene vicino.

“Forse era meglio non venire” dice. Ma ha la voce allegra. Le stampa un bacio sulla guancia proprio dove i capelli si sono tutti appiccicati. La vorrebbe abbracciare, ma non si può, altrimenti gli sci cascano per terra e volano giù e chi li ripiglia?

Dalla terrazza della stazione d’arrivo della funivia si vede tutta la valle, tutti i cerchi delle montagne, è come stare su una mongolfiera, ti viene voglia di aprire le braccia e di volare.

Gessica ha minuscoli ghiaccioli attaccati al naso, come se avesse pianto. Ma Gessica non piange mai. Sarà il freddo.

"Però è bello" fa, dopo un po'.

E ora bisognerebbe proprio abbracciarla.

"Ti voglio tanto bene" dice Santina.

Gessica torna subito come è.

"Scema" risponde, ma sotto sotto ride. Si stacca dalla balaustra e si avvia incespicando verso gli scalini che portano alla pista.

La classe è già partita da un bel po'.

Con i bambini è dura, riflette Gessica mentre muove un piede alla volta, uno scalino e dopo uno scalino e dopo uno scalino. "Ma perché li fanno a buchi e di metallo, non lo sanno che ghiacciano?"

È come camminare su una pista da pattinaggio ma senza pattini. Gli scarponi scivolano e le gambe ti partono via che a riprendersele ci vuole forza. Gli sci scappano da tutte le parti. Loro due hanno provato a portarli in tutti i modi, e ora li tengono in braccio, come neonati. Ma servono tutte e due le mani e per scendere non ti puoi tenere.

Finalmente, eccole in basso, sullo spiazzo da cui partono le piste. Tre. Una nera. Una rossa. E una di un bell'azzurro. La cosa che le piste hanno i colori la maestra Marika l'ha spiegata subito. Nera vuol dire Non fatela. Rossa: forse sì, se hai imparato. Azzurra: andiamo che è facile.

Lei butta uno sguardo oltre il pendio che scende verso destra, dopo il cartello azzurro.

Ma la maestra non si vede.

"Saranno lontani?" domanda Gessica. Fa finta che non gliene importi nulla, se sono lontani pazienza, ma lei sa che invece è preoccupata. Per questo vorrebbe che la maestra le avesse aspettate. Va bene che ormai sono capaci. Insomma. Lei sì. Ma Gessica...

"Ti aiuto a mettere gli sci" dice Santina e si accoccola ai piedi di Gessica. "Fai così, dài" e gli pulisce con la punta del bastoncino la neve incrostata nelle scanalature della suola, poi prende la gamba con tutte e due le mani, infila lo scarpone dentro l'attacco. "Dài una botta forte" fa.

Clac.

Clac.

Anche il secondo sci è a posto.

Per mettere i suoi, le ci vuole mezzo secondo. Sciare le piace un sacco. E poi è facile. Il manovale di Gorgonzola aveva proprio ragione. Chissà dove è andato a sciare, lui.

Fanno qualche metro, si appoggiano sui bastoni strascicando gli sci. Arrivano sul bordo del muro in pendenza.

"Non era facile?" dice Gessica mentre guarda la parete ripida.

Potrebbe arrabbiarsi, potrebbe fare una scenata, è lei che ce l'ha portata, quassù in cima, lei che glielo ha chiesto come regalo di Capodanno e si è messa a saltellargli intorno e ha fatto la scema perché dicesse sì. Avrebbe potuto salire senza Gessica, ma non sarebbe stato uguale. Le cose sono belle quando le dividi.

"Guarda! Sono loro!"

È così contenta che schizza subito giù. Dal bordo esterno della pista è spuntata la piccola processione della classe, sette nanetti in fila, con gli sci a spazzaneve disegnano una esse che non finisce mai dietro la giacca arancione della maestra Marika. Lei taglia di costa, inclina il corpo in una diagonale d'istinto e arriva loro sui piedi.

La maestra Marika è estasiata, "Brava bravissima bravissimissima!" fa.

Ma Gessica non c'è.

La vedono ferma in cima al muro, immobilizzata dalla paura. Guarda di sotto, ma non si muove. Poi fa un movimento falso, la gamba si piega, e lo sci destro avanza verso il vuoto.

È un momento che non finisce mai.

La gamba parte in avanti e Gessica dietro, ma non c'è pista, non c'è neve, solo aria. Ora Gessica non è più Gessica è un pagliaccio con i capelli fucsia che si arrotola e si srotola giù per il pendio, in una levata di neve e gli sci corrono via velocissimi, uno di qua, uno di là, e Gessica lontanissima ormai è un palla che bisogna fermare. Una palla che corre diritta verso il burrone.

La maestra Marika schizza verso il centro della pista, apre le braccia, si tuffa sulla palla che rotola, la abbraccia, la tiene, la tiene, punta gli sci come leve.

Ce l'ha fatta.

Sono ferme.

Il burrone è a un paio di metri.

Sono salve.

L'incidente, invece che far decidere Gessica a smettere, ottiene l'effetto opposto. È come se adesso sciare fosse diventata una faccenda personale tra Gessica e i suoi sci Rossignol. E Gessica non è il tipo che si fa mettere i piedi in testa da un paio di sci, e anche da nessuno, se è per questo.

Il resto della pista, che è molto lunga, scorre via come se niente fosse, anche perché è quasi in piano, ma non conta. Conta che Gessica, che pare un omino di neve, ricoperta di ghiaccioli, con la neve incrostata sui jeans, sulla giacca, sui capelli, ora fila via tranquilla ma diritta come un fuso. E non casca mai, nemmeno per sbaglio.

Lei scivola beata sul bordo della pista, proprio accanto agli abeti, e la neve si apre sotto i suoi sci con un frusciare sommesso, come un vestito di seta.

La montagna palpita di sole. E c'è un silenzio soffice, di panna.

Intorno, nessuno.

Mezz'ora prima che sia mezzogiorno, la lezione finisce. La maestra Marika si scusa, ma dice che è la regola del giorno di Capodanno. Poi le squilla il telefonino e lei si mette a parlare a voce bassa, con la mano davanti alla bocca e si sposta di qualche metro. Le mamme e i babbi dei nanetti sono venuti a riprenderseli e in un momento sono spariti tutti.

Tutti, tranne loro tre, anche perché loro due, lei e Gessica, non sanno dove andare. Ci sarebbe il Gruppo di Preghiera per le intenzioni del Pontefice per il Nuovo Anno, alle tredici e trenta nel parcheggio dell'albergo con pranzo al sacco a seguire, il Don l'ha detto parecchie volte durante la Messa, stamattina, anche quando non c'entrava. E sarebbe da doverci andare ma Forno di Zoldo quando ricapita? Il Signore, pensa Santina, lo sa anche lui, E tanto domani c'è la Messa del Primo dell'Anno, che è la più importante di tutte. In Duomo. Alle 8. E poi partenza.

Già la parola "partenza", anche solo a pensarla, le strizza il cuore.

E stasera c'è il Veglione. Il Don ha detto che ci saranno molte sorprese e lei ha visto che, dal pullman, hanno scaricato anche una scatola di cartone molto sospetta. Si era spaccata su un lato e lei ci ha guardato dentro. Trombette, palloncini, stelle filanti, e sacchetti di coriandoli, cappellini, lingue di Menelik. Le lingue di Menelik sono le sue preferite, a Tore gliele soffiava sempre sul naso e lui prima saltava dallo spavento e poi tutti e due a ridere come pazzi e la mamma e il papà a dire Smettetela ma si divertivano un sacco anche loro. Il Veglione si terrà al Bar Caffè Bucaneve, riservato solo per noi, ha precisato il Don tutto soddisfatto. I due Porretti si sono guardati di straforo, non si divertono tanto a questo Capodanno sulla neve, peccato.

C'è un sole così bello, al Campetto, che andar via dispiace proprio.

Intanto però Marika ha riposto il telefonino nella tasca della sua giacca da maestra e fa cenno da lontano che la raggiungano.

Strano.

La lezione non era finita?

Ha una faccia, la maestra Marika, che è una sorpresa bell'e aperta.

Le guarda di lato, e fa "Avrei una cosa da proporvi".

Che è sempre un bell'inizio.

Viene fuori che lei ha una lezione privata con due signori tedeschi, fidanzati, due uomini, ma tanto è uguale e che loro l'hanno chiamata perché sono a Cortina e vogliono che lei li raggiunga lì.

Cortina.

La parola Cortina attraversa l'aria di cristallo di questa mattinata meravigliosa e si deposita nel petto di Santina, proprio accanto al cuore.

Cortina di *Vacanze di Natale a Cortina*?

Cortina che c'è Christian De Sica in un albergo elegantissimo che dice alla moglie "Che l'hai data anche al prete?". Cortina che c'è Emanuele Filiberto che invita a cena due che ha appena conosciuto. Cortina con tutte quelle macchinone con dietro gli sci. Le sale in gola un grido che non riesce a trattenere.

"Noooooooooooooooooooooooo."

"Invece sì" dice Marika, "ma vi dovete spicciare, vi porto su io in macchina e poi al ritorno prendete la corriera per Longarone e poi il pullman per Forno, va bene?"

Fortuna che Gessica si è tolta via quasi tutta la neve e ha proprio l'aria della sciatrice.

STATALE 51
in direzione Cortina
Ore 12.10

Il viaggio per Cortina con la Punto della maestra Marika è meraviglioso.

Lei sta seduta dietro e non è che ci sia tanto posto, ma non gliene importa, c'è così tanto da vedere fuori.

Il finestrino non si può abbassare. Pazienza.

Guardare è già tantissimo.

La strada è un nastro d'argento che si appoggia dolcemente tra le montagne. E le montagne sono di tutti i colori, rosa e oro e verde scuro e bianco latte. Le rocce brillano come se dentro ci fossero incastonate tante minuscole schegge di diamanti. Il cielo è di velluto celeste. Ci sono parecchi mucchi di neve sporca buttati di lato, ma non conta.

Dopo Longarone, il paesaggio cambia, la valle diventa stretta e ci deve essere un fiume che scorre in basso, di sotto. A un certo punto, tra le rocce, lei vede una cascata di ghiaccio luminoso e subito la indica a Gessica tutta eccitata.

Salgono ancora, il sole non si vede più.

Attraversano un lago mezzo gelato e mezzo no, e poi la strada diventa una specie di autostrada e agguanta le montagne di fronte con un viadotto che sembra un animale che salta.

Su su attraversano, uno dopo l'altro, tanti paesi con le case col tetto a punta e la gente allegra per le strade, e le piazze con la statua dei caduti e tanti striscioni che dicono Auguri.

Poi la strada torna in piano, c'è una curva stretta, un ristorante sull'angolo e sotto il cartello San Vito di Cadore.

"Siamo quasi arrivate" fa la maestra Marika. "Speriamo che non ci sia già traffico." Poi si volta verso di lei e fa "Oggi sono tutti in paese, sulle piste non c'è nessuno".

Ma l'ha già detto! Un sacco di volte. Perché lo ripete continuamente?

Strano.

Purtroppo la strada è diventata brutta. Gli abeti sono spogli, di un marrone bruciacchiato, la neve è sparita. Ce n'è pochissima, e molto sporca, in mucchietti sparsi ai lati della strada. Nella desolazione, però, c'è una casa antica, con scritto sopra "Casa cantoniera", ha il tetto rosso e accanto tanti giocattoli antichi di ferro, macchinine, scivoli, trenini, sembra proprio la casa di Hänsel e Gretel dopo che l'orco e la strega sono morti. Invece è un negozio di Antichità.

Poi c'è un tratto diritto, largo, triste.

Lei ha perso tutte le speranze, Cortina non è bella come Forno. Pazienza.

Un distributore. Un altro. La fermata dell'autobus.

"Quello" dice Marika indicando il finestrino alla sua sinistra, "è il Trampolino di Zuel."

Ah.

Poi c'è uno spartitraffico tondo, e a destra una stradina ripidissima che sale.

Gessica sta zitta e anche lei non ha molto da dire.

Ma ora entrano proprio dentro il paese. Ci sono casette di legno, con i fiori sui davanzali coperti di plastica e su ogni balcone c'è un albero di Natale, c'è un albergo con le finestre con gli smerli, ci sono tante vetrine addobbate con la neve finta, i fiocchi rossi, si vede una chiesetta, e poi una fila di vasi e dietro la strada pedonale e, al centro della strada pedonale, un albero di Natale altissimo, carico di pacchettini colorati, di ghirlande, di pigne dorate.

Le si spalanca sul visino un sorriso.

Girano intorno alla strada principale, passano sotto una ferrovia in disuso, fanno due curve e eccole arrivate. Per ora è un parcheggio, ma in fondo c'è la stazione della Funivia e Marika è stata molto precisa: "Il Faloria è il posto più bello del mondo, per sciare".

Sono appena le una.

CORTINA
Funivia del Faloria
Stazione a monte, m. 2120
Ore 13.00

"Vi consiglio di mangiare qui, fanno il self service" dice Marika prima di salutarle. Sono salite con la Funivia e ora lei ha trovato i suoi clienti tedeschi.

Gessica vorrebbe chiedere qualcosa, per esempio se le piste sono difficili, ma si trattiene. Ha visto che, proprio davanti al Rifugio Faloria c'è uno skilift piuttosto breve, e il pendio accanto non sembra molto ripido.

Il sole bacia tutto e se davanti la montagna è brulla, in basso, verso sinistra comincia un bosco magnifico di abeti carichi di neve soffice.

Intorno a loro, la corona delle montagne si spalanca in precipizi inghiottiti dal cielo che è diventato color blu porcellana. Ogni montagna ne nasconde un'altra, ogni burrone si butta in un burrone. Sarebbe quasi da spaventarcisi, se non fosse che ogni cosa qui è come ritagliata dentro uno specchio. E brilla.

La maestra Marika è già lontana, scende proprio verso il bosco, seguita dai due tedeschi come una cometa e la sua scia. All'improvviso si ferma. Alza un po' la voce, perché è importante che loro sentano quello che ha da dire.

"Visto?" fa. E poi agita il braccio verso la montagna, verso la pista che si inoltra nel bosco. "Non c'è nessuno!"

"Che si fa?" dice Gessica, ha una strana aria smarrita.

"Si mangia!" ride lei e arranca con gli sci in braccio verso la scaletta che sale alla terrazza del Rifugio. Da lontano, è una figurina nera con due antenne dietro la testa, che sono le punte degli sci, come un'ape d'inverno.

Perché a Gessica si stringe il cuore?

Ci sono dei momenti in cui la vita si apre come un sipario e ti mostra quello che ti aspetta. Ma se non sei svelto a guardare, il sipario si richiude.

Dentro il Rifugio ci sono poche persone, e c'è un'aria di smobilitazione. Le cuoche hanno già cominciato a portar via i piatti dalla vetrina delle scelte, e al posto dei Primi, sotto il cartello, ci sono due buchi vuoti, è rimasto solo il catino degli gnocchi al ragù di cervo e una zuppiera di polenta. Però accanto ci sono le salsicce e le uova fritte con sopra la fontina fusa che sfrigola sotto le luci degli infrarossi.

È invitante, pensa lei. Non vede i tavoloni vuoti, le sedie un po' sciupate, le facce stanche delle cameriere. Vede invece il sole che danza tra le tendine di pizzo, e disegna sul pavimento animali fantastici. Vede le ghirlande di Babbi Natale di carta che attraversano lo stanzone da una parete all'altra. Vede la piramide di Kit Kat accanto alla cassa. E di colpo si volta, per dividere con Gessica tutto quello splendore.

Ma Gessica ha gli occhi vuoti. Si è fermata subito dopo la porta e si macina il mento con la mano.

"Dài, vieni!"

La voce di Santina è di cristallo come le montagne. Persino le vecchie donne che ora ripongono saliere e oliere sullo scaffale della credenza e hanno i piedi stanchi e non ne possono più del freddo, delle vacanze, dei turisti, interrompono il lavoro per un momento e stanno a ascoltare.

E ora Santina e Gessica sono sedute davanti al panorama e mangiano polenta e salsicce. All'estremo opposto del tavolo, una famiglia romagnola che parla come a Zelig si ingozza di patatine fritte. I bambini battono gli scarponi sul pavimento, come una marcia di soldati. Il padre si piega in avanti e gli molla una pacca sulla testa, ma leggera. I bambini si scansano, ridono e continuano. Due fidanzati hanno trovato un tavolo piccolo, d'angolo, per litigare. La ragazza a un certo punto scoppia a piangere e a Santina, che guarda da lontano perché proprio non può farne a meno, la salsiccia si ingrippa a metà della gola e non va più giù.

L'amore è il sogno di Santina. È il vestito che lei mette addosso al mondo tutte le mattine, appena apre gli occhi. L'amore se lo immagina come un tuffo. All'inizio, quando ti devi buttare, l'acqua ti fa paura e non hai per nulla voglia di spiaccicarti lì sotto. Ma c'è sempre qualcuno che ti spinge e ti ritrovi a mezz'aria, non puoi più scegliere, l'acqua è sempre più vicina e allora cerchi di mettere le gambe avanti per farti meno male possibile e subito l'acqua ti viene addosso e tu la spacchi e pensi Sono morta. Invece sei viva. Sei di seta e guizzi come un pesce e l'acqua ti accarezza ti respira sul collo sussurra un mormorio dolce vicino alle tue orecchie e allora tu ti lasci andare, non fai più resistenza, ti abbandoni e basta.

E galleggi senza peso, tra le braccia del mare.

Ogni tanto, Santina pensa a Tarid. Tarid è abbastanza carino. È gentile. Se non si considera la sua fissa di essere "Crew del mese", è divertente e allegro e insieme ridono della hostess e anche dei clienti, che se li scoprono sono guai. Tarid dice È un bel cassino, e la guarda con i suoi occhi che bruciano. È alto e magro e ha anche il permesso di soggiorno, a Termini ce ne sono tanti, di ragazzi come lui, ma stanno sempre seduti al bar tra di loro, o seduti sul muretto vicino alla banchina perché aspettano il lavoro. Invece Tarid è venuto su a Milano a cercarselo.

Prima di lui ne ha baciati quattro, di ragazzi, Lillo, Mimmo, Giacomo e Gioacchino. E poi, a Milano, Massimo e Giovanni. Che fa sei. Però Tarid forse non conta perché è stato una volta che lui quasi piangeva perché il manager si era arrabbiato e lo voleva licenziare e lei era andata a consolarlo nella "crew room" e quel viso di caffè così disperato le aveva stretto il cuore. Le labbra di Tarid sapevano di selvatico e di sudore. Erano rimasti lì a baciarsi, seduti per terra, per un bel po', poi lui si era tirato su, si passava la mano sotto il naso e intanto lei era tutta scombussolata. Allora ciao, aveva detto. E piano piano aveva aperto la porta e era tornata in cucina.

Con i baci è abbastanza esperta.

Ma lei se lo sente, che l'amore è un'altra cosa.

Gessica non ha neanche finito le uova, la fontina ormai è diventata colla. Deve essere stanca.

"Ti va di sciare ancora un po'?" dice Santina. Gessica guarda il bordo del tavolo.

Fa Sì con la testa.

E dunque escono, strascicando gli scarponi, e fuori, nel sole, lei aiuta Gessica a infilarsi gli sci.

Scendono in diagonale, aiutandosi con i bastoncini, il breve pendio che porta allo skilift, gli uncini sono tutti vuoti. Dong, fa il gancio quando passa intorno al colonnino dell'arrivo. Dong.

Pare una campana.

L'uomo dello skilift sta appoggiato al muro del suo gabbiotto, ha lasciato la porta spalancata e si vede una seggiola di fòrmica senza spalliera e, sulla mensola, sotto lo sportello a vetri, una birra lasciata a metà.

"Buongiorno!" fa lei, e ha nella voce tutto lo splendore che la circonda.

"Buongiorno, belle" risponde subito l'uomo dello skilift, perché lo splendore è contagioso.

Lei prende coraggio. "Noi siamo principianti" fa. Gli solleva addosso i suoi occhi neri neri. Piega la testa di lato e prende un gran respiro. "Ci potrebbe aiutare?"

L'uomo dello skilift ha la faccia di legno, bruciata di sole e di vento e i capelli così biondi che sembrano bianchi.

"No" dice brusco.

Lei vede un'ombra passare sul viso di Gessica.

E per un momento non sa cosa fare. Poi scoppia a ridere.

Ride anche l'uomo dello skilift, gli piace fare gli scherzi, alla gente di Cortina. E poi la ragazzina è proprio bella. Ne vede passare tante, lui, ma questa sembra fatta di zucchero, viene voglia di morderla per sentire il suo sapore.

È gentile, l'uomo dello skilift. Le aiuta con delicatezza, tira giù il gancio, glielo piazza proprio sotto il sedere e, per finire, le spinge in avanti con un colpettino sulla spalla. Gli sci infilano diretti la corsia e salire è facile, basta stare diritti e non mollare il cavo d'acciaio nemmeno quando si inclina.

Salgono e scendono e salgono e scendono e intanto il sole passeggia tra le montagne come in gita.

Ci sono pochi sciatori e tutti più veloci di loro, arrivano da chissà dove e vanno chissà dove, guizzano tra i piloni della funivia.

E spariscono.

Succede perché la pista è facile. Perché l'uomo dello skilift è gentile e le aiuta ogni volta che salgono. Perché la neve canta sotto le solette degli sci, perché vola via dietro di loro a ogni curva in una nebbiolina fatata. Succede perché non fa più freddo e loro hanno sbottonato le giacche a vento e, mentre scendono, i lembi si aprono come ali.

Succede perché deve succedere.

Sono appena ritornate alla base dello skilift, hanno ancora le gote rosse per lo sforzo della discesa, un po' di fiatone, ormai non si fermano quasi più, scendono tutto d'infilata, cunette, curve, curve, cunette, gambe piegate, sguardo avanti. E il vento sulla faccia.

L'uomo dello skilift è sparito. Il gabbiotto è chiuso. I ganci pendono nel vuoto, il cavo d'acciaio è immobile.

Loro due si guardano e un'ombra di spavento passa sopra di loro e subito svanisce.

"Vabbe', smettiamo, ti va?" dice Santina. Gessica annuisce.

Girano le punte degli sci, e si avviano verso la costruzione bassa da cui parte la Funivia.

La neve comincia a ghiacciare, gli sci ondeggiano. Gessica quasi cade, ma subito si ripiglia, si rimette diritta. Dal bosco, giù in fondo, sale uno spiffero gelido. Il sole si è rintanato tra i costoni del Monte Cristallo, le pieghe tra le cime si sono fatte scure.

La cabina è proprio all'arrivo, che le aspetta.

Si scambiano un sorriso di sollievo, mentre sganciano gli sci, e poi li sbattono l'uno contro l'altro per far cadere la neve. Santina abbraccia i suoi sci, poi si gira a controllare Gessica. Gli sci sfuggono da tutte le parti e lei barcolla sulla discesa che porta alla piazzola della Funivia. Stando bene attenta a mettere gli scarponi di traverso, per non scivolare, lei risale verso Gessica.

"Dammene uno."

"Non importa" fa Gessica, ma intanto glielo dà.

E ora scendono lentamente verso la piazzola, la neve non è più così friabile, e ci sono lastroni trasparenti dove l'acqua, sciolta dal sole, si è ghiacciata. Bisogna stare attenti.

Se Dio vuole, sono arrivate sulla passatoia che porta alla cabina. Si fanno l'un l'altra un sorriso.

Fanno per andare verso la cabina.

Le porte sono chiuse.

Sarà perché non c'è abbastanza gente, pensa Santina. E allora perché le sale dalla bocca dello stomaco un fiotto di inquietudine?

Gessica è stranita e lei prende le redini della situazione. Molla i tre sci contro la balaustra che guarda il vuoto della valle e si avvia verso la porta degli uffici. Qualcuno ci sarà.

Nessuno.

La porta non si apre. Le cade l'occhio su un cartello giallo, con la scritta nera.

Funivia del Faloria. Ultima corsa ora 15.45.

Perché le persone se ne ricordino, sul cartello hanno disegnato una specie di orologio con le lancette vere che indicano le 15.45.

Istintivamente, si guarda il polso. I guanti fradici nascondono il suo orologio, che poi non è neanche impermeabile, perché è quello della Comunione. Ma per fortuna va. Sono le quattro.

Un quarto d'ora troppo tardi.

No, non può succedere a loro. Adesso l'uomo della Funivia salterà fuori da qualche parte, farà un bel sorriso e dirà che le porta giù lui, che non importa se si sono sbagliate, avranno la cabina tutta per sé, tanto anche lui deve tornare a casa.

Tutti questi pensieri suonano così forte dentro la testa di Santina che lei non si accorge subito che la porta dell'ufficio si apre.

"È chiuso" fa una voce secca.

Lei si riscuote, l'uomo è alto, e sembra arrabbiato. Le è venuto quasi addosso.

"Ma noi dobbiamo scendere" dice lei. Ha una voce decisa, che non sapeva di avere.

“E noi siamo chiusi” fa l’uomo, piccato.

Gessica si è appoggiata al muro, sotto il cartello con la freccia rossa che indica il Bar, i capelli fucsia le spiovono sulla faccia. L’uomo le dà uno sguardo e scuote la testa.

“Dobbiamo scendere a tutti i costi” dice Santina, ma la voce non è più così decisa.

L’uomo si rabbonisce. La ragazza è proprio carina, ha gli occhi di un cerbiatto spaventato. La piccola bocca perfetta trema leggermente e l’uomo capisce che sta per piangere.

“Sentite, ci sono gli orari, sono scritti, non l’avete visto?”

Lei deglutisce una volta, due. Sente un pizzicorino sotto il naso. Una lama di freddo le morde il collo. Ma è un momento. Passa.

“Noi non siamo di Cortina” fa. “Siamo di Forno di Zoldo. E il Don ci aspetta perché stasera c’è il Veglione e domattina alle otto la Messa del Primo dell’Anno e poi si riparte.”

L’uomo della funivia non sembra per nulla impressionato.

Si stringe nelle spalle. “Gli orari sono scritti” fa. Chiude a chiave la porta dell’ufficio e si avvia verso la motoslitta parcheggiata accanto al gabbiotto dei cavi di riserva.

“Scusi scusi scusi tantissimo” lo insegue Santina.

E gli si piazza davanti. Per salire sulla motoslitta, lui dovrebbe darle una spinta. Non lo farà, lei lo sa. Però un po’ di paura ce l’ha. E se lo facesse?

L’uomo è seccato, non ne può più di questi sprovveduti che vengono a Cortina e non sanno sciare, che non guardano gli orari, che pensano che la gente che lavora sia a loro disposizione per sempre. E poi queste due hanno proprio l'aria della parrocchia e lui i preti non li può vedere.

Ma la ragazzina sembra un osso duro.

"Non ci può lasciare qui da sole" fa Santina. Ha la faccia decisa.

"Chiamate il soccorso alpino" dice lui.

La ragazzina barcolla come se le avesse tirato un pugno in faccia.

"Il soccorso alpino?"

"Chiamate, pagate e loro mandano su un gatto delle nevi a prendervi e vi riporta in paese."

"Ma..." Santina non è più tanto risoluta. L'ombra della sera sale dalla valle. Dietro le spalle dell'uomo della funivia, gli abeti sono già neri della notte che avanza. "Quanto costerebbe?"

L'uomo non vede l'ora di andarsene, di mollare queste cretine al loro destino.

"Sui 400, 450 euro."

Santina arretra di un passo.

"Cheeeeee?"

"Sui 400 euro, soldo di più, soldo di meno. Il gatto viene apposta e va pagato" dice l'uomo della funivia. E intanto è già salito sulla motoslitta e sta girando la chiavetta della accensione.

"Non ci potrebbe portare lei?" propone Santina con una voce fine fine. "Siamo magre" aggiunge.

L'uomo della funivia guarda Gessica e poi guarda lei.

"Non sono autorizzato al trasporto dei passeggeri. E poi lei è troppo grossa." Indica Gessica.

Ha messo in moto. La motoslitta vibra.

"E noi che facciamo?" Ormai Santina ha le lacrime in gola.

L'uomo della funivia ha tanti di quei cazzi suoi che non ha intenzione di darsi pensiero di quelli degli altri.

"Andate al rifugio" dice.

La motoslitta sparisce in uno stridere di ghiaccio spezzato e Gessica si affloscia contro il muro e scivola giù, sotto il cartello dove c'è scritto "Bar".

"Su, dài, vieni, andiamo al Rifugio."

Santina ha la voce tenera, parla a Gessica come farebbe a Tore, se Tore ci fosse.

Gessica tira su col naso, non sembra nemmeno Gessica.

"E gli sci?"

Lei alza le spalle. "Si lasciano qui, chi vuoi che ce li rubi? Non c'è nessuno!"

Di colpo, le pare di risentire la voce della maestra Marika.

"Visto? Non c'è nessuno!"

Istintivamente, si volta verso il bosco nero. Dove sarà ora Marika?

Arrancano su per la salita, gli scarponi slittano sulla neve ghiacciata, i bastoncini non tengono. "Fai così, metti il piede storto, così" dice a Gessica e siccome Gessica sembra che non capisca, lei l'abbraccia e la spinge su.

Sono arrivate davanti alla scaletta che porta alla terrazza del Rifugio. E intanto la sera si è fatta rossa e oro e le rocce si incendiano dell'ultimo sole. Ma sale dalla valle un'ombra nera, e cresce.

Sulla terrazza, le sedie sono state impilate una sopra l'altra e accostate al muro. Una vanga è rimasta abbandonata accanto alla porta. Dentro è buio. Santina però prova lo stesso a bussare, chiama.

Nessuno.

Ma l'uomo della funivia ha detto Andate al Rifugio.

Deve essercene un altro.

Dalla terrazza si vede tutto il percorso dello skilift. Uno, due, tre, quattro, cinque, sei. Sei piloni, conta Santina e strizza gli occhi per seguire il contorno frastagliato della montagna vicino a quello più alto.

Deve esserci un rifugio, lassù, tra gli spunzoni spolverati di neve.

Deve esserci.

C'è.

Le era sfuggito perché è a mezza costa, una costruzione bassa, che si infila nell'incavo tra due roccioni, col tetto spiovente coperto da un cuscino spesso di neve. Ora che lo ha individuato, riesce a distinguere perfettamente il profilo della terrazza, e anche la Croce di legno piantata a pochi metri. Ci sarà un mazzetto di stelle alpine, sepolto sotto la neve, ai piedi del Signore, pensa Santina e il cuore gli si riapre. "Grazie" sussurra e poi, subito, si sbraccia verso Gessica, che sta seduta sul primo scalino della scala e ha la testa fucsia piegata sul petto, come un fiore stanco.

"Guarda Guarda Gessica il Rifugio!"

Lei non risponde nemmeno.

"Guarda, è illuminato!"

Questa volta, Gessica solleva la testa.

Ma come ci arrivano, loro, lì, a mezza costa, senza lo skilift?

Ormai è quasi buio, ci si vede a malapena e la pendenza non è ripida ma insidiosa. Si sono rimesse gli sci ai piedi e salgono una di fianco all'altra, a scaletta, sollevando a ogni gradino gli sci con circospezione, attente a non farli slittare.

Eppure è bello.

È una gara tra loro e l'ombra della notte. Un passo loro, un passo lei. Ma il Rifugio è sempre più vicino e ormai si vede bene che è tutto illuminato, e che sulla terrazza ci sono le sdraio aperte.

Gli ultimi metri sono i più difficili, la pendenza è aumentata di colpo e le rocce sono in agguato nell'ombra.

"Leviamoci gli sci" decide Santina.

Gessica ubbidisce.

Trovano una specie di passaggio, come scalini scavati nella neve. Salgono con una pena infinita scalino dopo scalino, piantando ogni volta le code degli sci nella neve soffice davanti a loro.

Ce l'hanno fatta.

"Ohi, voi" dice una voce montanara.

È una donna.

Sporge la testa riccioluta da un finestrino d'angolo, ritagliato nei tronchi che fanno da pareti allo chalet.

Il cuore di Santina è un campo di girasoli.

La donna impastava gli ultimi canederli in cucina, ha smesso e è venuta a aprir loro la porta e intanto si pulisce nel grembiule le mani infarinate.

Le guarda. La ragazza grossa con i capelli fucsia è fradicia dalla testa ai piedi e ha lo sguardo perso. L'altra, quella magrolina, se la passa meglio, i jeans sono asciutti, e la vecchia giacca a vento anche. Ora che si è tolta il casco, la più piccola sembra perfettamente a suo agio.

Non le ci vuole molto per capire che loro, con la festa, non c'entrano nulla.

Ma la gente di montagna è ospitale di natura e così le fa entrare.

"Però levatevi gli scarponi e anche le giacche" dice la donna e le sorveglia mentre si spogliano nel bugigattolo tra l'ingresso e la sala.

"Oh" esclama Santina appena mette piede dentro.

La stanza è abbastanza grande, con il soffitto spiovente retto da travi di legno antico. Un unico grande tavolo a U la occupa tutta. Il tavolo è coperto da una tovaglia rossa, ricamata a tralci di agrifoglio verde e rosso che arriva fino al pavimento. Alle finestre sono appese corone di pigne dorate e nastri rossi, dal lampadario del soffitto pendono festoni come le code degli aquiloni, che attraversano l'aria e si appoggiano ai bordi del tavolo. Nella stanza c'è una grande agitazione. Due ragazze inginocchiate per terra hanno tirato fuori dalla carta velina un enorme cespo di vischio e ci trafficano intorno, non si sa cosa facciano ma deve essere una cosa difficile da eseguire, perché le ragazze nemmeno sollevano la testa per vedere chi è entrato. Un uomo, con una camicia scozzese già orlata di sudore sotto le ascelle, tira giù da una pila, una per volta, delle seggioline con la spalliera a forma di cuore e le sistema intorno al tavolo.

La donna fa un gesto di stizza. "Te l'avevo detto di non metterti subito la camicia pulita, mona che ti se'!"

Il marito alza le spalle e sbatte giù sul pavimento con un gran colpo la seggiolina che ha per le mani.

La donna le guarda e ha l'aria di voler condividere con loro due il suo giudizio senza appello sugli uomini.

Ma Santina è ammutolita.

Deng! Un ragazzo con i bermuda e i sandali entra in un fragore di metallo e piazza accanto al tavolo un candeliere di ferro battuto alto più di lui.

"Ce ne sono altri tre, sbrigati" dice sua madre e lui ubbidiente torna fuori nel freddo con i suoi bermuda e i suoi sandali del Dottor Scholl's. La donna intercetta lo stupore di Santina. "C'è abituato, è giovane" fa.

Ma non è per i suoi bermuda che Santina è rimasta a bocca aperta.

La stanza profuma di vischio, di abete, di buono. Tra le travi pendono festoni di rami di abete intrecciati a spighe dorate e a piccole mele rosse, e al centro esatto di ogni festone c'è una ghirlanda del buon augurio.

"Ahi!" fa una delle ragazze piegate per terra sul pavimento.

"Sei la solita stupida" dice sua madre e non accenna a muoversi.

"Si è tagliata con le forbici del vischio" spiega serafica la sorella più piccola e, per dimostrare che sta dicendo la verità, mostra il fazzoletto sanguinante con cui ha appena tamponato la ferita.

"Non si può mai farvi fare nulla, a voi due, siete due cretine nate" si arrabbia la donna. Però si alza. "Stai attenta a non macchiare la tovaglia" grida alla figlia che, per alzarsi, si era appoggiata al tavolo.

C'è un breve momento di trambusto, in cui fanno la

loro comparsa cerotti, bende, acqua ossigenata e persino punti strap, ma, alla fine, la ragazza ha il dito fasciato e la faccia da funerale. Il vischio giace per terra abbandonato.

Santina comincia a divertirsi. Passato il primo momento di stupore, si sta godendo i preparativi come se fosse al cinema.

"Ehi tu" dice la donna da lontano.

Lei si volta a guardare a chi sta parlando.

"Dico a te, bruneta."

"Sissignora."

"Sei capace di tagliare il vischio senza zampillare sangue come una fontana?"

Santina si gonfia come un pavone.

"Sissignora."

E ora eccola in ginocchio per terra, con le forbici del vischio in una mano e il cespo nell'altra. Infila lentamente la punta delle forbici dove intravede un minuscolo spazio tra i rametti carichi di palline e piano piano appoggia la lama alla congiunzione e Zac! taglia. Ormai ha accanto a sé una pila di rametti e intorno una pioggia di palline andate perdute.

"Non hai fatto abbastanza attenzione" la rimprovera la donna.

"Erano attaccate col fil di ferro" risponde tranquilla Santina. E si stupisce, lei per prima, di non essersi fatta intimidire.

"Va bene, va."

Il ragazzo in bermuda ha quasi finito di sistemare i candelieri. Uno per ogni angolo della stanza. La sorella piccola ha portato una scatola di candele rosse e si sporge sulla punta dei piedi per infilarle negli spunzoni, la sorella grande si è seduta sulla panchetta accanto all'entrata, tiene la mano ferita in grembo e guarda e basta.

"Tu, bruneta, varda come devi fare."

Bisogna mettere i rametti di vischio sulla tovaglia, in modo artistico, dice la donna, e poi bisogna cucire col filo ogni rametto al suo posto. Ha l'aria di essere un lavoro lunghissimo, ma tanto. Santina si rende conto che ancora non ha spiegato che ci fanno lì e non ha nemmeno chiesto come potranno andarsene. E di colpo si ricorda di Gessica.

"Dove è la mia amica?"

"Ha chiesto dove era la toilette" avverte la sorella piccola, rigirandosi una ciocca di capelli tra le dita. È strano come tutti, in questa famiglia, abbiano già accettato la loro presenza come un dato acquisito. Santina scende una scala, percorre un corridoio di piastrelle bianche, arriva dentro un bagno immacolato e ritrova Gessica, la Gessica che conosce, non quella piagnucolosa di prima. Capelli asciutti, occhi truccati col kajal, rossetto, sopracciglia fucsia e la sua bella faccia da schiaffi.

Respira sollevata. "Sai, mi hai fatto pigliare uno spavento!" dice mentre l'abbraccia.

"Sei proprio scema."

Gessica è tornata lei.

Verso le sette, la sala è pronta. La tavola è stata apparecchiata dalla sorella più giovane e da Santina, e poi controllata dalla padrona. Le posate hanno il manico di corno di cervo, i piatti sono dipinti ciascuno con un fiore diverso (a Santina piace più di tutti la genziana turchina), i bicchieri sono di vetro verde e rosso. Fuori dalle finestre è rimasta una notte nera nera, ma dentro le luci sono tutte accese. Il fratello con i bermuda spazza via gli aghi di abete dal pavimento, e spiaccica coi sandali le palline perse del vischio. "Stai attento, mona che ti se'!" fa la padrona, poi scosta una delle sedie con i cuoricini, ci si butta sopra affranta e dice "Anche questa è fatta".

E finalmente si accorge di loro due.

Gessica sta seduta tranquillamente su uno sgabello del bar, Santina sta girando intorno al tavolo per spianare le pieghe rimaste sulla tovaglia rossa.

"Ma voi come ci siete capitate, qui?"

Tutti quelli che sono dentro la stanza, il marito, le sorelle, il fratello smettono di fare quello che stanno facendo e piantano gli occhi addosso a Gessica e a Santina. Dalla cucina, si affacciano anche la nonna, che ha un grembiule uguale a quello della padrona, ma più sporco e un ragazzo con le gote rosse e un pesce in mano.

Santina deve decidere in un secondo cosa dire.

"Siamo venute per il veglione!" fa.

Gessica sussulta e lo sgabello ondeggia, ma per fortuna tutti stanno guardando Santina e non se ne accorge nessuno.

La padrona inclina la testa di lato e squadra bene bene le due ragazze. La brunetta ha un golf da pochi soldi, e sotto una camicetta a fiori, la ragazza grossa con i capelli fucsia è infagottata in un maglione nero di viscosa.

Sospira.

"Siamo chiusi. È una festa privata."

Ma Santina non si lascia smontare.

"All'albergo ci hanno detto di venire, che eravate aperti" dice calmissima.

"Quale albergo?" domanda la padrona sospettosa.

Santina esita.

"Grand Hotel Savoia."

È la voce di Gessica.

La padrona è perplessa, ma il Savoia è l'albergo più lussuoso di Cortina e trattar male un loro cliente non conviene.

Il resto della famiglia guarda affascinato, per vedere come andrà a finire.

Poi la sorella più piccola, che è abbastanza decisionista, interviene.

"Be', non le puoi mandar via, mamma! Dove vuoi che vadano?"

Fuori il buio è senza luna.

La sorella con la mano ferita si stringe nelle spalle.

"Non hanno prenotato."

Santina sente un fremito di angoscia salirle in viso e, guardando per terra, fa un passo, due, tre, verso Gessica. Ma intanto Gessica dice secca "La prenotazione è stata fatta a nome dell'albergo".

Santina non riesce a trattenere uno sguardo di ammirazione.

La padrona ticchetta la punta delle dita sulla tovaglia rossa e schiocca le labbra.

Il marito tace.

"Be'."

La padrona si è messa la mano sul cuore. Forse è buon segno.

"Be'."

Si passa la mano sul viso.

Il ragazzo con il pesce in mano, fermo sulla porta della cucina, fa l'occhiolino a Santina.

"Si può sempre aggiungere un tavolo."

"E dove, mamma?" fa la sorella odiosa con la mano ferita.

Tutti guardano la sala, il tavolone a U la occupa tutta.

La sorella piccola è corsa alla porticina accanto al bancone del bar.

"Qui" dice e fa un gesto largo delle braccia, "c'è un sacco di posto, il tavolino per due ci sta."

Ma la padrona non pare molto convinta.

"Vi va bene stare tutte e due sedute accanto? Ci sarebbero due sgabellini, ma il passaggio deve restare libero."

"Benissimo!" dice Santina.

Gessica invece mantiene il punto. "Non è quello che abbiamo prenotato."

"Allora?" fa la padrona. "Io ho da fare."

Il ragazzo con il pesce in mano sparisce dentro la cucina.

"Va bene, prendiamo questo tavolo" acconsente Gessica. Parla come se avesse tra le dita una sigaretta e soffiasse il fumo in faccia a tutti.

La porta è quella del gabinetto.

Santina si guarda nel piccolo specchio sopra al lavandino, tutta eccitata.

"Come vado?"

Si è pettinata la massa dei capelli castani all'indietro, infilandoci dentro le mani, e poi li ha girati intorno a un elastico che ha trovato sulla mensola, a formare una specie di chignon. Fa una piccola giravolta, infila due dita sotto il bordo della manica e "Magia..." dice e il viso le si apre in una smorfia allegra. Sfila piano piano le dita. Adesso tiene tra il pollice e il medio un esile rametto di vischio, con moltissime palline attaccate.

Gessica le allunga una botta sulla schiena, ma gentile.

"Sei una ladra" fa.

"Ne ho cuciti così tanti che uno mi spettava."

"Sì, ma hai preso il meglio."

Santina rimira soddisfatta il minuscolo rametto scintillante di gocce di cristallo attaccate col fil di ferro che ha nel palmo della mano.

"E che te ne fai?"

"Mi faccio la piega."

Il rametto finisce dentro lo chignon, e in effetti adesso l'acconciatura di Santina ha preso l'aria della festa.

"Cazzo il Don!" fa Gessica all'improvviso.

Santina si volta di soprassalto.

"Accidenti!"

"Sarà in pensiero."

Gessica si mangia le labbra preoccupata.

Ma Santina scoppia a ridere. "Basta avvisarlo, ti pare? Lo chiami e gli dici qualcosa."

Il sospiro di Gessica sembra quello di un elefante.

"Sei sempre la solita, tu, la fai sempre facile, ma guarda che siamo nel casino, non so se ci arrivi, a capirlo!"

"E perché? Gli telefoni, gli dici che sulle piste abbiamo trovato degli amici, che loro ci hanno invitato a cena a Cortina" e qui Santina gongola come se fosse successo davvero "e che poi ci riportano loro in macchina."

"Sì, la fai facile, te" mugugna Gessica, ma si sta convincendo. Può funzionare. Ma non le fa piacere essere lei quella che inventa balle. Stringe le spalle e a testa alta, come una regina, esce dal gabinetto. Sale le scale cercando di fare meno rumore possibile, scivola svelta dentro la confusione della stanza, agguanta la sua giacca a vento. È fuori, al buio, nel freddo. Arranca, inciampa. Trova un posto sicuro, abbastanza lontano dalle luci dello chalet perché nessuno senta. E fa il numero del Don. È una telefonata lunga.

"Che ha detto?"

Santina è davanti allo specchio a aggiustarsi il vischio tra i capelli.

Si vede che Gessica non è contenta. Ha una faccia.

"Ha detto che tra un po' chiamava i carabinieri e che siamo due stupide. E poi ha detto di mettere la sveglia perché il pullman parte domattina alle sei precise e non ci aspetta."

E qui Gessica si pianta di fronte a Santina e la prende per le spalle. È arrabbiata sul serio.

"E noi come ci arriviamo, eh, a Forno di Zoldo? Me lo dici? Come cazzo ci arriviamo?"

Santina scoppia a ridere.

"Facciamo l'autostop! A Capodanno è pieno di macchine, non dorme nessuno."

Ma Gessica scuote la testa. Non è per nulla convinta. Per un momento, una inquietudine strana le morde lo stomaco.

"Mi presti il tuo mascara?"

Fortuna che Gessica i trucchi se li porta sempre dietro.

"E il fard?"

Rosa fucsia nella identica sfumatura dei capelli di Gessica.

"E il rossetto?"

"Vuoi anche la mia maglietta?" fa Gessica un po' seccata.

Però il rossetto glielo dà.

È bello fare tutti questi preparativi, stare loro due in questo piccolo bagno pulitissimo, insieme, davanti allo specchio, spingendosi un po' per vedersi meglio, e mettersi carine per il veglione che le aspetta.

"Secondo te..."

Santina ha abbassato la voce.

"Secondo me?"

"... pensi che quelli del Veglione, quelli veri del Veglione, se ne accorgeranno, che noi non siamo invitate?"

Gessica si rabbuia.

"Cazzo!" fa.

"Non dire sempre le parolacce, dài."

"Cazzo non è una parolaccia."

"Potresti dire accidenti."

"Cazzo."

"Va bene, cosa c'è?"

Gessica ha tirato fuori da sotto il maglione la sua borsettina a tracolla imitazione Vuitton e ora ci sta frugando dentro. Rovescia sul bordo del lavandino il contenuto del portafoglio. Ne escono parecchie monetine, un foglio da venti euro e uno da cinque.

Santina inghiotte un fiotto di saliva, si passa la lingua

sui denti, poi si mette una mano sulla bocca, tira le labbra in avanti e fa uno schiocco.

"Bisogna pagare?"

"Secondo te?"

"Possiamo dire che abbiamo già pagato all'albergo. Ma esiste?"

"Certo, ci siamo passate davanti in macchina, con Marika, non l'hai visto?"

"Meno male."

"Meno male un cazzo."

Santina si gratta sulla guancia un foruncolo che non c'è. Potrebbe succedere tutto. La padrona potrebbe mandarle via, nel freddo. Potrebbe anche chiamare i carabinieri.

Speriamo di no, le dispiacerebbe un sacco perdersi il veglione.

Gessica sta rimettendo i soldi nel portafoglio.

"Facciamo così, non diciamo nulla e, se la padrona ce lo chiede, diciamo che abbiamo già pagato all'albergo e, se non ce lo chiede, meglio."

Santina si batte la mano sul petto e lascia andare un sospirone. Poi piega la testa e la guarda da sotto in su.

"Magari mangiamo poco, te che dici?"

Manca ancora un'ora e venti minuti alle nove.

"Arriveranno puntuali?"

Santina si è risoluta a entrare dentro la cucina, che è l'unica stanza ben illuminata. Sono spariti tutti, tranne il ragazzo con il pesce in mano. Adesso il pesce è su un vassoio, con la pelle d'argento e una fettina di limone in bocca. Il ragazzo sta riponendo le ultime pentole che ha sciacquato sui ganci sopra l'enorme cucina a gas.

"Ciao" fa.

Lui l'ha capito che queste due sono clienti come lui. Chissà come ci sono capitate, al rifugio, proprio stasera. E poi, un cliente del Savoia, in cucina non ci entra di certo.

Santina si gingilla con il braccialettino brasiliano che ha al polso sinistro, accanto a quello di gomma azzurra con scritto Lourdes. Passa in rassegna la stanza, il tavolo di marmo, i frigoriferi, il crocifisso sopra l'acquaio. Ma, alla fine, le tocca appoggiare gli occhi sul ragazzo.

Lo vede che ridacchia.

"Voi non c'entrate nulla, vero?"

Lei solleva una spalla sola e fa una specie di mossetta con il collo, atteggia il broncio per fare "nzu" come farebbe Tore, se ci fosse.

"Non c'è nulla di male" stabilisce il ragazzo, come se lei, invece di "nzu" avesse detto "sì".

Adesso lei deve decidere se fidarsi. Oppure no.

Si fida.

"Ma come è questo veglione, me lo potresti dire?"

"Guarda che se dici veglione si capisce che non c'entrate nulla, voi due. Devi dire Questa cena."

"Uhm."

È un po' delusa. Il veglione è molto meglio di una cena.

"Allora mangiano e basta?"

"E che vuoi che facciano?" ribatte il ragazzo del pesce indispettito.

Lei annuisce, ma le dispiace un sacco. Non se l'era immaginato così, il Capodanno sulla neve. Si immaginava i coriandoli, le stelle filanti, le mascherine a forma di farfalla, i nasi finti con i baffi, le lingue di Menelik... Subito le torna in mente il suo fratellino, chissà dove sarà, adesso, Tore. Chissà se anche lui ci pensa, a loro due che giocano a spararsi in faccia le lingue di Menelik e ridono come pazzi.

"Ci sei rimasta male?" fa il ragazzo e muove un passo verso di lei.

Lei inghiotte un fiotto di saliva e anche la nostalgia. Si passa la mano sul viso, come se avesse pianto. Ma non ha pianto.

"Ti piace questa camicetta?"

Il ragazzo del pesce piega la testa e schiocca la lingua sui denti.

"Un po' antica."

Già. Se si fosse messa la maglietta nera con lo scollo a goccia, sarebbe stato meglio.

"Pensi che non va bene?"

La preoccupazione le mangia il respiro.

"Che hai detto?"

"Dicevo se va bene. Per te."

Il ragazzo del pesce solleva la testa e la squadra con molta attenzione. Questa ragazzina gli fa venire in mente cose morbide, come la panna delle fragole e il budino. Avrebbe voglia di dirle di no, lui li conosce i tizi delle cene private, gente che una camicetta come quella, la dà alla donna di servizio per spolverare.

Fa ancora un passo, sono vicinissimi, ora.

"Posso darti un consiglio?"

Sì sì, fa lei con la testa e ha negli occhi un vibrato potente di paura.

"Ti... posso toccare?"

Di nuovo lei fa Sì sì, poi anche No no E poi invece sì.

Il ragazzo del pesce, con delicatezza, le appoggia una mano sul fianco, all'altezza della vita e prende tra pollice e indice un lembo della camicetta a fiori rosa e azzurri. La sfila dai jeans.

Lei lo guarda con aria interrogativa, ma lo lascia fare.

Il ragazzo del pesce fa la stessa cosa dall'altro lato. Ora la camicetta è fuori dai pantaloni e lei istintivamente se la tira sulle cosce.

Ma lui schiocca di nuovo le labbra e fa "nzu". Le sposta le mani, prende i lembi della camicetta e ci fa un nodo.

"Così ti si vede un pezzo di pancia" dice.

Lei ubbidisce.

La camicetta è diventata un bolerino.

"Ora la cintura" dice il ragazzo del pesce, che ci ha preso gusto.

Lei si sente come Cenerentola con la Fata.

Il ragazzo sparisce nel salone e torna con due nastrini di raso, uno rosa e uno azzurro.

Lei strizza gli occhi, per vedere meglio. Sembrano quelli del lampadario, pensa.

Sono quelli del lampadario.

Le viene un soprassalto di inquietudine, se fai qualcosa di male, dopo ti succede sempre una cosa brutta. Le viene in mente che anche il vischio è rubato, però in fondo non tanto, perché è un premio per il lavoro di aver cucito tutti quei rametti alla tovaglia, si è punta con l'ago parecchie volte, ma si è ciucciata il dito e ha fatto finta di nulla.

Lascia che il ragazzo le infili i nastrini tra i passanti dei jeans e poi abbassa lo sguardo.

Ci stanno proprio bene.
"Ma se la padrona se ne accorge?"
Il ragazzo di colpo si mette a tossire, perché l'aria dentro la cucina sa parecchio di fumo. Anzi, anche un po' di bruciato.
"Ma che c'è nel forno?"
Accidenti, il capriolo! Si è scordato di abbassare la temperatura per colpa della ragazzina che lo ha distratto con la storia del vestito, del veglione.
Il ragazzo spalanca il portellone del forno, spalanca la finestra, accende l'aeratore, se ci fosse modo di chiamare l'autobotte dei pompieri, lo farebbe, ci tiene al posto di lavoro e siamo appena a inizio stagione.
Lei sguscia via cercando di diventare invisibile.
Speriamo che non se ne accorga, la padrona.

Fuori, la notte si è mangiata le montagne, le discese, lo skilift, tutto, anche gli scalini di ghiaccio che portano al rifugio. Ma sulla terrazza ci sono i tegamini con lo stoppino che brucia nell'olio e, accanto alla porta che dà sul salone, ardono due torce splendenti, di bambù. Il rifugio è diventato la casa delle Fate. Per arrivarci, passando dalla pista, bisogna prendere un passaggio in discesa scavato tra due muri alti di neve, passare un piccolo ponte di assi di legno, scendere ancora due scalini traballanti. Si arriva in una buca stretta su cui si affacciano le finestre dell'ingresso e la porta del bar. Su ogni davanzale, la padrona ha fatto mettere una candela rossa. Ombre lunghe danzano sui vetri.
Solo loro conoscono il segreto che questa notte porta con sé.

Dentro c'è l'atmosfera febbrile degli ultimi momenti prima di un ricevimento, quando gli ospiti stanno per arrivare e invece ti viene in mente che forse non arriveranno, che forse non si presenterà nessuno, che tutto quello che è stato preparato con tanta cura, tanta attenzione, tanta fatica resterà intatto. Nessuno si siederà al tavolo a U, sotto i festoni di abete, sotto i nastri di tutti i colori, nessuno prenderà in mano le posate di corno, nessuno passerà il dito sui fiori dipinti dentro i piatti di porcellana francese, nessuno sposterà le sedie con la spalliera intagliata a forma di cuore. Non ci saranno risatine, sfioramenti, sguardi in tralice, né pensieri subito ricacciati via, sospiri, mani che si cercano, gambe che si intrecciano, bocche che si trovano, da qualche parte, nell'ombra. Le candele dorate resteranno spente, i bicchieri verdi e rossi rimarranno vuoti, il vino del Tirolo non disegnerà riflessi color sangue sulla tovaglia, sui volti. Non ci sarà nessun rumore. Né il tintinnìo delle forchette sul bordo fragile della porcellana, né il soffio lieve dei sussurri, né le risate, né le strida dei primi saluti, né il rombo dei discorsi dopo che il vino avrà fatto il suo lavoro.

La polvere si depositerà su ogni cosa, dentro questo salone.

La vita se ne scorderà.

Ma per ora, non è ancora successo.

Per ora la padrona, che si è vestita con il migliore dei suoi dirndl, rosso e verde, in tinta con la tovaglia, passa e ripassa la mano sulle tendine per sistemarle un po' più gonfie, un po' più aperte e poi si allontana per vedere l'effetto. Per ora la nonna sorveglia il pentolone del brodo dei canederli, e il vapore le tinge di rosa le guance cadenti. Per ora il ragazzo di cucina sta incollato allo sportello del forno e al tesoro che custodisce. Per ora la sorella piccola e la sorella grande si litigano sulla posizione delle posate e una sposta immediatamente quelle che l'altra ha appena disposto e ci scappano anche degli schiaffetti veloci sul dorso della mano. Per ora il marito della padrona è fuori, nel gelo, con la camicia scozzese e il gilet di pecora e il cappello a falde da pastore, con il cordoncino nero e si sporge da sopra il costone, aguzzando gli occhi dentro la notte per scoprire per primo i fari dei gatti delle nevi che porteranno su gli ospiti.

Saranno quattordici.

Arrivano.

Per un momento la famiglia intera si paralizza. È passata la Fata della notte, pensa Santina. Hanno cercato, Gessica e lei, di farsi piccine piccine, e per sicurezza sono sedute da un pezzo sugli sgabellini che sono stati loro concessi, le spalle contro il muro e il cuore che batte.

O forse batte solo il cuore di Santina.

Forse è solo Santina che ha capito quello che sta per succedere.

L'ha capito con il suo istinto da animale giovane, l'ha capito dal secco che si sente in bocca, dall'onda che le sale su dalle gambe e le gonfia il piccolo seno, dal pizzicore che le fa venire voglia di toccarsi i capezzoli. L'ha capito da un fiato che arriva da lontano, e le pare un respiro così dolce che deve inghiottire per non starci a pensare, ma la saliva non c'è.

Un colpo. Un gran rumore di ghiaccio che si schianta. E voci alte, gridolini, passi pesanti che fanno tremare le assi incerte del piccolo ponte di legno, scricchiolar di neve. Deng! fa un sassolino scappato da sotto uno scarpone che va a sbattere contro il vetro del pertugio della cantina.

Eccoli.

Per prime entrano le ragazze e Santina si sente stringere il cuore. Sono tutte alte, tutte bionde, tutte si scuotono di dosso la neve che si è attaccata per sbaglio ai loro piumini meravigliosi color oro, argento, blu scuro, tutte hanno un collo di pelliccia soffice o un bordo di pelliccia sul cappuccio o una sciarpa di pelliccia, tutte portano pantaloni da sci aderenti, di lastex, infilati dentro stivaletti col tacco.

Santina piega la testa, sopraffatta.

E l'occhio le cade sui suoi scarponi a noleggio, con i ganci di ferro consumati e la plastica tutta rigata.

Fa troppo male pensarci e allora solleva di nuovo la testa.

Sta lì. Guarda.

Si stanno togliendo le giacche. Le due sorelle sono in piedi, in attesa, con le braccia pronte e un sorriso incerto, di soggezione.

Le ragazze sgusciano dai loro piumini con brevi movimenti aggraziati, inclinano il collo, piegano le spalle, nascono come fiori nella penombra che scintilla. Portano piccole magliette color crema, prugna, grigio scuro, senza maniche, scollate, appoggiate sulla loro pelle luminosa come per caso, magliette che scivolano, si muovono, palpitano e ora scoprono una spalla rotonda ora l'ombelico ora il nido tra i seni. Socchiudono gli occhi, spiandosi e gli orecchini danzano in brevi baleni lucenti accanto ai loro visi perfetti mentre si baciano, mentre indugiano con le mani una sulla vita dell'altra, mentre si sfiorano con le dita le guance.

E ora si muovono in gruppo, come un tralcio di rose, verso il tavolo grande, si spingono con delicatezza, scostano ridendo le seggioline con il cuore intagliato, e appoggiano alla spalliera sciarpe impalpabili di colori abbrunati, certi verdi segreti dei boschi, certi viola della notte. E intanto si chiamano con piccoli gridi festosi, e hanno nomi che non sono nomi, ma sillabe così dolci che restano sulle labbra come gocce di miele, Ele, Marti, Sofi, Dile.

Lei vorrebbe chiamarsi con uno di quei nomi. Vorrebbe le gambe lunghe che hanno loro, i loro capelli che danzano, vorrebbe guardare come guardano loro, con la testa reclinata di lato, e il blu degli occhi dietro il sipario delle ciglia. Vorrebbe la vita stretta, come loro, vorrebbe quella cintura con le pietre incastonate, quella collana lunga che tintinna di ciondoli. Vorrebbe camminare come loro, fiera eppure gentile, vorrebbe il loro sedere sodo, le loro braccia bianche. Vorrebbe stare nel mondo con la stessa sicurezza che hanno loro.

E poi Santina si ferma. Smette di pensare. Smette perché non li riconosce più i suoi pensieri e prova, per questo, una paura spropositata, incontenibile, la paura che ti sovrasta quando il tuo mondo si spezza.

Ed è allora che entra Sigieri.

Entra, con lui, una folata di vento incrostato di neve, trema la fiamma delle candele ma è un attimo che subito si perde perché i ragazzi arrivano tutti insieme, dietro di lui, urtandosi, gridando, spingendosi, è come se tutta l'energia della stanza si fosse di colpo concentrata in quello spazio angusto, davanti all'ingresso, dove, ora, i ragazzi si stanno togliendo i giacconi, e intanto si salutano scambiandosi pugni, pacche, smorfie, e barcollano per la foga degli abbracci.

Le ragazze, tutte insieme, girano i loro visi perfetti verso di loro e corre, tra i maschi e le femmine, un vibrato di corrente sessuale e è intenso e potente, abbranca seni sederi fianchi e li smuove con forza, attirandoli uno contro l'altro, i maschi saltano addosso alle ragazze, le seggioline soccombono, le ragazze si lasciano strizzare, stropicciare, brancicare in una festa di saluti finti che sono preliminari al sesso che verrà dopo quando la notte sarà sbiancata nell'alba del primo giorno dell'anno, quando torneranno a casa, ciascuno in un letto non suo, ciascuno abbarbicato a quel momento breve quando il corpo grida il miracolo di essere vivo e tutto il dolore si cheta.

Solo per quel momento.

Lontano migliaia di chilometri, al tavolino stretto a pochi metri da loro, Santina e Gessica sono visitatrici marziane di un mondo che non raggiungeranno mai. Ma se Gessica ne è indignata e distante, Santina invece lo beve con gli occhi e schiude le labbra come una corolla che aspetta il riverbero del primo mattino.

Alla fine si sono seduti, in un caos di sedie spostate, piatti smossi, qualche bicchiere è andato rotto, i nastri colorati che pendevano dal lampadario sono stati tirati giù, si sono attorcigliati alle sedie, o sono finiti miseramente per terra, calpestati dai tacchi delle ragazze, dalle suole a gommini dei mocassini Tod's dei ragazzi. La padrona ha avuto un sussulto, ma poi si è ripresa in tempo e ha atteggiato le labbra a un sorriso di compiacimento, che non le è riuscito bene, perché la rovina, anche parziale, delle decorazioni, della apparecchiatura, di tutto quello che ha richiesto la fatica di un giorno le suscita un moto d'ira, e quasi li scaccerebbe a spintoni, questi qua, anzi, gli darebbe una scarica di schiaffi, che se li meritano, perché se qualcuno glieli avesse dati prima, sarebbero venuti su come si deve e non come i ricchi arroganti che sono, che si credono di comprare tutto coi loro soldi marci.

"Tutto a posto? State bene?" sorride la padrona e intanto gira intorno al tavolo a U e le scappa un gesto per rimettere diritto un ramo d'abete del centrotavola, di cui si pente subito.

Santina e Gessica non le ha viste nessuno.

Acciottolio di piatti, clangore del cristallo urtato dal bordo di un vassoio di peltro. Sta girando la zuppiera dei canederli. Servono a tavola tutti, le due sorelle, la padrona, il marito, il fratello persino. Si è travestito anche lui da montanaro, uguale identico al padre, con la camicia scozzese e il gilet di pecora, per fare da camerieri, tutti e due hanno dovuto levarsi il gilet quasi subito ma grondano lo stesso di sudore e, di nascosto, si passano sul viso il medesimo fazzolettone a quadri che subito ricacciano nella tasca dei pantaloni.

Maria Sofia si gingilla con l'unico canederlo che ha voluto, solo, senza brodo, e intanto cerca di intercettare lo sguardo di Sigi, che sta seduto troppo lontano, tra Ele e Virginia. Le pesa tutto di questa serata, trova insopportabile la compiacenza della padrona, ridicoli i finti camerieri, incapaci le due sorelle che sbattono il ramaiolo sul piatto come se fosse un'accetta. Cortina è parecchio che non la diverte più, è un piccolo mondo provinciale pieno di abruzzesi, siciliani, marchigiani che vengono a spendere i soldi che non possono mostrare a casa loro, e fanno le vasche sul Corso a braccetto con la moglie che pulisce l'asfalto con l'orlo dello zibellino. Ma anche loro, che sono loro e non quei buzzurri, non sono più gli stessi. Ha come l'impressione, certe volte, che ciascuno reciti un ruolo, senza neanche tanta convinzione: le stesse frasi, gli stessi scazzi, lo stesso giro della morte Lovat-Enoteca-Posta-pranzo con o senza genitori-discoteca; e, per reggerlo, vino, whisky, e altra roba. È come avere davanti un muro. Lo vedi, ma non puoi farci niente, né scalarlo, né abbatterlo, solo schiantartici contro. Maria Sofia rinuncia a trovare gli occhi di Sigi, guarda nel piatto e con un gesto secco della forchetta decapita il povero canederlo.

Filo e Ascanio parlano di SUV, tanto per cambiare. Qualcosa che riguarda la trazione, il cambio di registri, il treno delle ruote da ghiaccio e di colpo Filo batte una manata sul tavolo, frantumando decine di palline di vischio e dice a voce troppo alta "Portare la Ferrari a Cortina è proprio da stronzi" e prima ancora che Sigieri dia segno di aver sentito, Filo schizza in piedi e saltella di dolore mentre si comprime il palmo della mano che gocciola sangue e intanto urla "Ma che ci avete messo su questa cazzo di tovaglia, i chiodi?".

Nell'angolo in penombra dove sono incagliate, tra la parete e il tavolino stretto, Santina trova il primo breve sorriso di questa strana serata. Il fil di ferro del vischio ha colpito ancora.

Segue un tramestare di bende, cerotti, acqua ossigenata, infermiere volontarie che tintinnano di braccialetti Hermès e le scuse prostrate della padrona, che sussurra, più che altro a se stessa Il vischio vero non si trova più. Ele approfitta della confusione per piantare addosso a Sigi lo sguardo carico di promesse che ha provato parecchie volte davanti allo specchio di camera sua, prima di uscire. È fatta così, Ele, per lei il mondo è uno scambio sessuale perenne. Non ha nessuna intenzione di lavorare, né a Londra, né nel negozio di moda di sua madre a Pescara, né da nessuna parte. Ha invece stabilito con precisione i suoi obbiettivi e ha saputo confondere tutti con la sua aria da ochetta. Farà la moglie, al più presto. Farà anche un figlio, subito, in modo da garantirsi in caso di divorzio.

"La durata del matrimonio è indirettamente proporzionale al lusso della festa. Più è costata la festa, meno dura il matrimonio" sta dicendo Amerigo a Alvise Repetti, a tre sedie di distanza.

Ele pensa che le abbia letto nel pensiero e decide di affrettarsi, prima che arrivi qualche altra oca più svelta di lei.

"Facciamo un cin di Capodanno" dice e piazza in bocca a Sigi un bacio con la lingua. Che a Ele, se proprio si deve essere sinceri, i baci con la lingua fanno un po' schifo, lo sguardo da troia le costa fatica e infilare la mano dentro i pantaloni dei ragazzi provoca sempre qualche taglietto per colpa dei denti della cerniera. Ma avere chiaro lo scopo, aiuta.

Il cambio dei piatti è un po' laborioso, perché il sottopiatto deve restare al suo posto, ma i due camerieri improvvisati, padre e figlio, nella foga, hanno portato via tutto e tocca alle sorelle rimettere davanti a ciascuno il sottopiatto, con un'aria di sufficienza.

Santina fa per alzarsi ad aiutare.

"Sei scema?" la trattiene Gessica, e la voce è chiusa dentro un sibilo. "Siamo clienti come loro."

Santina non ha quasi toccato la zuppa, ha lo stomaco chiuso. Se potesse scapperebbe subito da questa stanza. Non c'è mai stata, fino a ora, nella sua vita, questa cosa scura che le cresce in petto, un peso di vergogna, e di paura, uno smarrimento. Si sente sbagliata nel posto sbagliato, si sente che non le è permesso stare lì, si sente che c'è entrata di straforo, e con l'inganno e che non ne può venire nulla di buono. Però, no, non è proprio vero. Si tormenta l'unghia del pollice, finché non si apre sull'angolo una scheggia, finché non le riesce di portar via con i denti l'angolo intero e cerca di fronteggiare un pensiero che le si è piantato in testa da subito, da quando sono entrate le ragazze.

È per questo che, benché sia a disagio, continua a fissare il lungo tavolo a U, a spiare i movimenti minimi, a cercare di sentire bene i nomi, di afferrare qualche brandello di frase, non importa se non la capisce, importa che, dallo spiraglio che il caso ha aperto dentro la sua vita, ora lei possa intravederne un'altra.

Come sarà, essere uguale a loro?

Sono quasi le dieci e dalla cucina arrivano strani rumori, un trapestìo, passi concitati e colpi ritmati come di scure. Le candele hanno gocciolato sul pavimento di legno un rivolo rosso sangue, che si è subito rappreso. Dai vetri, si sono staccate, per il caldo, due decalcomanie di fiocchi di neve. Fa davvero molto caldo, si soffoca, quasi. Bea si alza in piedi, batte la punta del cucchiaino sul cristallo verde scuro del suo bicchiere e dice Ma voi non morite di caldo? E, senza aspettare che qualcuno le risponda, si butta il bicchiere dietro le spalle e mentre le schegge si infrangono contro la parete e una pioggia di minuscoli frammenti verde e oro e bianco, il bianco del disegno inciso, le corna di cervo, metà del viso del cacciatore, la punta dell'abete, si deposita sul pavimento, si torce tutta e si sfila la maglietta viola con scritto sopra "Sankt Moritz" e resta in reggiseno nero.

Filo e Ascanio smettono di parlare di SUV e cominciano a schiamazzare, battono le mani, i piedi, le forchette sul tavolo e gridano Olè! Bea si gode il suo momento passando in rassegna la foresta di facce intorno al tavolo e se non ci fosse una mano, salda, che la prende per la spalla, da dietro, forse si toglierebbe anche il reggiseno e la padrona potrebbe svenire lì, sul colpo, di imbarazzo e di indignazione.

"Rivestiti."

È Sigieri.

Il tavolo ammutolisce, Bea raccoglie la maglietta che era finita sotto la sedia e scappa verso il bagno, che non ha idea di dove sia.

Il marito della padrona è spuntato dal nulla e ora le butta addosso un giaccone a caso e la guida deciso giù per le scale, verso il gabinetto.

"Smettete di farla bere, già è cretina da sobria" dice Amerigo.

Le risate seppelliscono Bea.

Ma la padrona si sente in dovere di riportare un po' d'ordine e, del resto, non può sopportare lo sfacelo che questi screanzati stanno infliggendo al suo bel salone, se pensa che ha lavorato per due giorni a intrecciare i festoni di rami di abete e le ghirlande, le mani se le taglierebbe.

Grazie a Dio, sono già al secondo.

Trascina le gambe stanche al centro della U, e si piazza in modo che tutti la possano vedere, ma non per questo la confusione cessa, anzi. Prova a dire Signorini Signorini, ma niente. Poi le viene in mente che, al bar, ci deve essere un piccolo gong, che si usa d'estate per richiamare i turisti quando tramonta il sole e la terrazza chiude. Fa marcia indietro nella indifferenza generale e va verso il bar.

"O lei?"

Seduto al bar, un signore distinto, in giacca blu, camicia bianca, pantaloni da città, cravatta e scarpe allacciate guarda la sfilata delle bottiglie come se fosse un film.

"Buonasera, sono Condorelli."

"Chi?"

"L'autista di casa Costaglione."

La padrona rientra nei suoi panni quasi istantaneamente.

"Vuol cenare?"

"No, grazie, ho già mangiato."

"Bere?" azzarda la padrona, che ha considerato lo sguardo che lui riservava alla grappa.

"No, grazie, sto lavorando."

Sono proprio strani, questi ricchi. Si portano l'autista al rifugio, a che gli servirà.

"Ho portato su gli scarponi, e mi sono permesso di lasciarli nella anticamera, al caldo" le risponde Condorelli, come se avesse ascoltato i suoi pensieri.

La padrona fa un cenno svelto della mano, che non si capisce se voglia dire Ora basta oppure Scusi e sparisce sotto il bancone a cercare il gong.

Eccola al centro della U, ma adesso, grazie al gong, tutti si sono zittiti e la guardano con aria piuttosto annoiata. Che vorrà, questa?

"Stiamo per servire il secondo" butta là la padrona, indecisa se credere a quel silenzio o aspettarsi il peggio. Visto che non succede nulla, continua.

"Vi proponiamo una scelta. Cervo al forno con marmellata di mirtilli e funghi. Oppure trota al profumo di limone. Per comodità del servizio, vi domanderei di rispondere. Quanti pesci?"

Una voce decisa spezza il silenzio. Ma non viene dal tavolo a U.

"Io prendo il cervo, grazie. Abbondante!"

La tavolata intera volta la testa verso il punto, defilato, da cui è arrivata la voce.

Ed è così che Santina spalanca la porta della sua vita nuova.

"Tu guarda" fa Amerigo all'orecchio di Sigieri. Si è alzato apposta. E ora gli sta addosso con tutto il suo peso, contro la schiena.

"Ma le hai viste, quelle due?"

"Quali due?"

"Senti, Sigi, non rompere, tanto lo so che le hai viste."

Ele sta tutta protesa verso Sigieri, ha sentito tutto.

"Ma che ci fanno, qui?" soffia sulla guancia di lui, stando attenta a spostare la bocca il più possibile vicino alla sua. "Non lo sanno, che è una serata privata?"

Virginia si sporge anche lei verso il terzetto e appoggia il mento sulla mano, mentre con l'indice destro segue, sull'orlo dei seni, la scollatura della sua maglietta Marc Jacobs verde bottiglia.

"Ma avete visto come sono vestite?"

Sigieri fa un cenno alla padrona, che subito accorre, dice qualcosa sottovoce, lei annuisce contrita. "Sono desolata" fa. E poi, sempre a testa china, si sente in dovere di aggiungere che è stato un errore di prenotazione, la confusione del Capodanno, la folla che c'è a Cortina, può capitare, non doveva, ma è capitato, però le ha sistemate molto dietro, spera che non disturbino. Disturbano?

Amerigo e Sigieri si scambiano un'occhiata che è densa di implicazioni, un'occhiata che contiene tutti i pericoli e tutte le possibilità, l'occhiata del predatore che aspetta la preda.

Il cervo sono rondelle color rosa, sommerse di salsa scura, circondate da pisellini e patate avvolte nella carta d'argento. Santina le contempla perplessa. Gessica ha scelto il pesce e ha dedicato un meticoloso lavoro di pulizia ai tre pezzi sfrangiati di carne bianchissima che le sono arrivati davanti appoggiati a una fettina di pomodoro, così adesso può mangiare tranquilla. Le lische, ce n'erano parecchie, sono sul bordo del piatto, c'è rimasta attaccata un po' di polpa e allora lei ne prende una e la ciuccia rigirandosela in bocca come uno stuzzicadenti.

"Guarda che schifo."

Virginia ha toccato il braccio di Sigieri, ma lui non si volta.

"Ma chi gli ha aperto la stalla a quelle?" dice Amerigo.

Rieccolo.

Con la mano, fa il gesto che gli è così caro Sciò Sciò e Virginia e Ele si rassegnano ad alzarsi. Ora sono soli, lui e Sigieri. Dall'altra parte del tavolo Oreste Pietroforte tiene una orazione politica sulla centralità della Lega per il futuro dell'Italia, tra gli schiamazzi generali. Dunque non li sente nessuno.

Per questo, Amerigo ha l'idea.

È qualcosa che gli si affaccia alla mente come un serpente che guizza, basterebbe alzare il piede, spingere col tallone, battere il terreno e il serpente tornerebbe a rintanarsi dove è venuto.

Non accadrebbe nulla.

Ma Amerigo ama i serpenti e tutti i veleni che portano con sé. Se dietro il blu ghiacciato dei suoi occhi si potesse vedere, si troverebbero tutte le fotografie della sua infanzia. L'infanzia che avrebbe voluto e non ha avuto. Si troverebbe lui vestito col grembiule a quadrettini dell'asilo vicino a casa, da cui arrivavano le grida felici degli altri bambini, lui che mangia a tavola con i suoi genitori, al primo piano del Palazzo sul Canal Grande, mentre il sole del mezzogiorno penetra dagli spiragli delle tende e morde una delle barche della processione del Redentore dipinta dal Tintoretto che sta sopra la credenza. Si vedrebbe lui che gioca con suo padre, rotolandosi sulla sabbia del Lido, in una giornata di cielo coperto, in cui il mare romba così forte che bisogna tapparsi le orecchie, o giocare con papà, per non avere paura. Ma Amerigo non ha mai avuto il permesso di andare all'asilo comunale, non ha mai potuto sedere con i suoi genitori a tavola, finché non è tornato dai primi tre mesi di collegio al Morosini, non ha mai giocato con suo padre, da nessuna parte. Non ha avuto né carezze né abbracci, solo punizioni e cinghiate, perché non è mai stato abbastanza bravo, mai abbastanza ubbidiente, abbastanza attento. È stato sempre un ingombro, nella vita dei suoi genitori.

"Ci stai?"

Sigieri sta passando la punta dell'indice sul bicchiere di cristallo, ne esce un sibilo.

Il serpente è pronto.

"A fare che?"

"Dài che lo sai benissimo."

È strano annoiarsi, la sera di Capodanno, in un rifugio riservato per festeggiare con i tuoi amici più cari. Più cari? È strano sentirsi completamente fuori posto, sentire di non avere nulla in comune con queste figurine di cartapesta che stanno dentro le tue giornate da quando sei nato, praticamente. È strano sentirsi soffocare, non sopportare più il gioco delle battute, dei tranelli, il percorso di guerra che da anni ti viene naturale.

E ci sono queste due tipe burine cascate fuori dal piatto. La brunetta è carina. Sa di aria fresca. Ha il viso color latte e le guance rosa acceso. E ha qualcosa negli occhi, una luce che ti tira dentro, piena di promesse. E ha anche due tette degne di rispetto.

È un lampo. Una frazione di secondo. È qualcosa che non si può governare. Il buio che ciascuno di noi si porta dentro partorisce un proteo repellente, un notturno serpente delle grotte la cui carne di gelatina brilla vivida, come una promessa maligna.

"Due centoni che me la scopo prima dell'anno nuovo."

C'è un modo in cui ci si consola dei rimpianti. È il modo che ci dice, con una voce che sussurra all'orecchio e rinfranca il cuore, che quello che abbiamo perduto, è un bene che sia perduto. Dice che quello che ci aspetta è quello che ci conviene. Che ogni sbaglio è benedetto. Allora, ogni gioia è un caso?

Non che riesca a formulare con precisione questo pensiero, ma è certo che Santina ha appena messo piede dove non era stata mai. Il Don, la parrocchia, il Super-Burger sono spariti dalla sua mente e ora non c'è che questa stanza, queste ragazze splendenti, e questa grande tavola a U è il centro dell'universo, anche Tore, persino lui, è volato via a gambe all'aria nella soffitta del cuore.

Li ha guardati per tutta la sera, scordandosi di mangiare, e comunque non aveva fame. Ha cercato di cogliere ogni dettaglio infinitesimo dei loro gesti. Ha scrutato il modo in cui le ragazze sorridono tra loro, oppure ai maschi, e ha scoperto che il sorriso è differente: ai maschi, queste ragazze che splendono, consegnano sorrisi obliqui, si mangiano le labbra e poi di colpo le aprono facendo guizzare la lingua. Invece, tra loro, si sorridono con i denti. Ha studiato come sono vestite, e si è ripromessa di portare anche lei quelle magliette strette in quei colori spenti e seducenti, di imparare a camminare sui tacchi, come loro. E di procurarsi un sedere piccolo come il loro, che stia su come incollato.

Ma per ora, lei guarda.

Li vede sciogliersi e riunirsi in piccoli gruppi, vede le loro mani intrecciarsi, vede i lunghi capelli biondi delle ragazze aprirsi come un sipario sul profilo che i maschi sollevano verso di loro. Vede le bocche perfette, i nasi minuscoli sfiorare il viso serrato dei ragazzi, e può sentire l'onda del desiderio che passa e accarezza la pelle, sa riconoscerlo sotto gli schiamazzi, i gridolini, dentro quella messa in scena che serve solo a confondere le carte perché tutto diventi più chiaro. Lei non è mai stata a teatro, non ha mai visto un balletto eppure sa riconoscere la musica dentro il volteggio delle mani, dentro gli incroci delle gambe, sa decifrare il comporsi e il ricomporsi delle coppie, il gioco segreto degli sguardi.

Si è scordata anche di Gessica, si è scordata di tutto quello che non è questa serata fatata, questo nuovo mondo spalancato di promesse.

"Ciao."

Il cuore le fa un balzo nel petto. Intenta come era a catturare ogni istante di quello che stava vedendo, si è dimenticata di essere viva. Ma ora sente una corrente elettrica che la attraversa tutta, solo per questa voce.

Per il modo in cui la voce si è fatta strada dentro di lei e l'ha spogliata tutta.

Lui si siede davanti a loro due. Non ha chiesto nemmeno il permesso, non lo fanno mai, loro, questo ormai Santina l'ha capito. È arrivato con una sedia tra le mani, come un altro porterebbe una sigaretta e l'ha sistemata con naturalezza accosto al piccolo tavolo stretto.

"Ingombri il passaggio per il gabinetto" dice rude Gessica.

Santina deglutisce per l'angoscia. Ora lui se ne andrà, si sarà offeso, sarà successo tutto.

E non sarà successo nulla.

"No no, non disturbi, ci si passa benissimo, vero?" si affanna a spiegare lei e intanto Gessica la considera con uno sguardo di commiserazione.

Lei cerca disperatamente nel piccolo repertorio amoroso di cui dispone qualcosa da dire che la salvi, e la renda presentabile, attraente, se fosse possibile, se ci fosse questa impossibile possibilità di suscitare in questo ragazzo un interesse minimo. Lei non splende come le ragazze a cui lui è abituato. Lei è piccola, scura, ha una camicetta a fiori azzurri e rosa e i nastrini del lampadario per cintura. Per un momento, un momento soltanto, lei esamina consapevolmente l'evenienza di fuggire.

Ma non lo fa.

Non sa quello che la aspetta ma sa che vuole provarci. Sa che vuole che questo ragazzo non se ne vada. Ma il silenzio è già troppo lungo e il tavolo a U è a qualche passo di distanza e deve essere una attrazione irresistibile, per lui. Se lei non si sbriga, se non trova subito qualcosa di meraviglioso da dire, lui si alzerà, se ne andrà.

Sarà finito tutto.

Si mangia le labbra, come ha visto fare alle ragazze che splendono. E poi scatta in piedi,

"Giarruzzo Santina" dice con la voce che le trema.

E intanto tende la manina e si accorge con disperazione che l'indice è sporco di salsa scura.

Se la riprende subito, prima che lui possa stringerla.

Invece si volta verso la sua amica e dice scandendo bene le sillabe "Accettola Gessica". Ha nascosto l'indice dietro al pollice e ora può indicare Gessica con un gesto largo del braccio.

Smette di respirare.

Aspetta.

Lui è rimasto seduto.

Con la sua voce che buca la pelle dice Buonasera.

Non si sono ancora toccati.

Gessica sta molto sulle sue, questo tizio non le piace, percepisce come una intenzione. E poi le guarda con una aria di superiorità, di concedersi. Ma Santina ormai è persa, Gessica lo sa, lo sente. E allora, a questo punto, è Gessica che deve decidere. Anche per Santina. Se resterà a presidiare la posizione, se infilerà quando è necessario una delle sue battute che buttano sul collo uno spiffero di gelo, questo teatrino non durerà. Lui si alzerà subito, perché non si aspetta che devozione. Gessica li conosce i tipi come lui, li ha visti da lontano ma non abbastanza da lontano per non saperli sgamare. Se invece abbandonerà il campo, se si alzerà per esempio con la scusa che ha caldo, che ha sonno, che deve andare al gabinetto, lui girerà intorno al tavolo, si siederà sul suo sgabello e dopo un po' allungherà il braccio, come se non ci stesse pensando, sulle spalle di Santina. E dopo un altro po', la sua mano le sfiorerà i capelli, e si insinuerà, sollevandoli leggermente, fino a toccare con la punta delle dita calde la pelle fragile del suo collo.

Gessica guarda Santina.

Le vede gli occhi brillare, vede il petto che si alza e si abbassa sotto la camicetta azzurra e rosa, come se per lei respirare fosse diventato di colpo difficile. Vede il rossore che si è appoggiato sulle guance, e non è il caldo. Vede il modo in cui Santina piega la testa e inclina lo sguardo nello sguardo di lui.

E all'improvviso sa quello che deve fare.

Si è seduto accanto alla ragazza bruna, l'altra, l'amica grossa con i ridicoli capelli fucsia si è alzata dicendo che andava fuori a fumare. La ragazza bruna l'ha guardata stupita.

"Ma fuma davvero?" ha chiesto lui, non sa nemmeno perché, gli è venuto.

"Oh no" ha detto la ragazza e gli vibrava nella voce un'eco di qualcosa che lui non ha saputo decifrare. "Ha smesso!"

"Bene, per fortuna adesso ha ricominciato."

La ragazza bruna lo guarda con i suoi occhioni smarriti.

Carina è carina.

Andrebbe resettata dalla testa ai piedi, ma è carina.

"Bella camicetta."

Di questo attacco, lui va molto fiero. Sa che è sicuro. Non c'è donna che, se gli dici che è carino qualcosa che ha addosso, non provi istantaneamente un brivido assoluto di piacere.

Infatti lei piega subito la testa a guardarsela, come se non fosse stata lei, a mettersela, si mette la mano sul cuore.

"Davvero?"

"Sì" dice lui.

E la guarda.

Ma lei sa che non è la camicetta, che guarda. Si dovrebbe vergognare.

E invece è contenta.

Prende un gran respiro.

"Sei gentile" fa.

Lui ha scostato un po' in avanti il tavolo e ha allungato le gambe verso di lei. Istintivamente, lei ha raccolto le sue sotto lo sgabello.

"Anche tu" dice lui.

Stanno zitti per un bel po', Santina perché non le riesce di trovare nulla da dire e lui perché il predatore ha una infinita pazienza.

“Mio fratello si chiama Tore” dice d’improvviso lei.

“Ah.”

“Tore che sarebbe Salvatore ma noi a casa lo abbiamo sempre chiamato Tore, perché si fa prima” e le scappa un sorriso di tenerezza. Prosegue, rinfrancata. “È bravissimo a scuola, soprattutto in matematica. E gioca a calcio benissimo, all’oratorio e anche sul campetto del comune. E dice sempre cose buffe che ti scompisci dal ridere, ma cose intelligenti che vorresti averci pensato te...”

Ora che ha nominato Tore, si sente meno sola. Certo, se Gessica tornasse...

Poi la attraversa un pensiero. No, meglio di no. Lui smetterebbe di parlare, si alzerebbe, tornerebbe dentro il suo mondo, quel mondo che è accanto eppure irraggiungibile.

“E a te” dice lui e la guarda con un’aria di canzonatura, “come ti chiamano, Tina?”

Lei non coglie né l’ironia né la punta di disprezzo che impolvera il tono di lui.

“No, a me no, perché Santina è un nome breve.”

“I tuoi genitori devono aver pensato di avere proprio due figli straordinari” riflette lui. Soppesa le parole, perché gli verrebbe da dire qualcosa di cattivo, ma non vuole, sarebbe stupido. Autolesionista.

Due centoni. E questa ragazza bruna che pare un cerbiatto.

“Sì?” lo sollecita lei, ha una paura matta che lui si stufi e vada via.

“Uno è il Salvatore e tu...” le concede uno sguardo lungo, lento, e la pelle di lei si increspa come se avesse freddo.

"Sì?"

Ma lui non dice nulla.

Santina attraversa in una frazione di secondo tutti gli stadi della disperazione. Ora si alza e va via.

"Sì."

Non ha più il tono interrogativo, non ha più forze.

"Tu sei una santa davvero?" dice lui, di colpo e a lei torna in gola il respiro.

Sente, confusamente, che deve dire qualcosa di brillante, qualcosa che la metta alla pari con le ragazze che splendono, le ragazze a cui lui è abituato. Cosa direbbero, loro? Non c'è tempo. Non c'è molto tempo.

"Io mi chiamo Santina" fa lei e, un secondo dopo averlo detto, sa che ha scelto la frase sbagliata.

Ora lui si alza e va via.

"Santina..." sussurra lui. Si è piegato impercettibilmente verso di lei, lei può sentire il suo odore. Colonia, legno profumato, e una puntura di agrumi.

Lei sa che dovrebbe scostarsi.

Ma non lo fa.

"Santina..." dice lui e ha la voce carezzevole, e dolce.

Lei è paralizzata.

Per questo non allontana la testa. Per questo, con il petto che scoppia, segue con gli occhi la mano di lui, una mano con le dita lunghe, come le frange di uno scialle, e due dita, il pollice, l'indice, adesso sono vicino ai suoi capelli, vicino, molto vicino, e ora hanno catturato una ciocca sottile e la fanno sfilare tra i polpastrelli e lei sente i capezzoli che diventano aguzzi e un caldo che sale su dalle gambe, verso la testa.

Per questo non dice nulla. Invece sta tutta concentrata su quelle dita, su quella ciocca, sull'onda meravigliosa di tepore che adesso la avvolge.

La musica diventa così forte che è difficile credere che lui non la senta.

"Sei molto bella."

Ora ha la bocca così vicina ai suoi capelli, così vicina alla sua guancia.

Così vicina alla sua bocca.

"Disturbo?"

È Amerigo.

Si scostano con un piccolo moto di sorpresa.

"Giarruzzo Santina" dice lui e indica con la mano la ragazza bruna. Lei non coglie la canzonatura, né lo sguardo di intesa che i due ragazzi si scambiano.

È veloce. Ma è definitivo.

"Ciao, io mi chiamo Amerigo" fa lui. Pausa. "Badoer Amerigo."

Lei sta cercando un punto del tavolo a cui appoggiare le mani che le bruciano, un punto della stanza dove guardare.

"Ohi, che ti faccio spavento?" dice Amerigo.

Lui è diventato di colpo un estraneo, si è rintanato dalla sua parte, sembra che nulla di quello che sta accadendo gli interessi più.

Ora si alza e va via.

"Posso?"

Amerigo è già seduto sulla sedia che lui ha lasciato vuota per passare dall'altro lato del tavolo, e mettersi sullo sgabello, accanto alla ragazza bruna.

Santina non riesce a afferrare la situazione, è come se le avessero sciacquato la testa col Dash.

Lui ha pietà di lei.

Si volta, e con delicatezza le offre la risposta giusta.

"Sì, proprio, fai spavento, sei talmente brutto, Badoer" fa.

Ma intanto guarda Santina.

Lei fa cenno di sì.

Amerigo scoppia a ridere.

"Ohi, vedo che siamo parecchio avanti, se già le metti in bocca le parole tu" e batte un pugno rotondo sul tavolo, che traballa.

Ci vorrebbe un legnetto da infilare sotto la gamba, per calzarlo, pensa Santina. Darsi una incombenza da svolgere la riporta nel mondo.

Ma intanto i due ragazzi si sono messi a parlare e si sono dimenticati di lei.

Santina ha ancora la testa immersa nel cotone, galleggia su una superficie liscia, intontita dal cumulo di emozioni nuove e non afferra bene le parole, solo "non rompere" e poi, dopo qualche farfugliamento, ma forse è lei che non ci sente bene, un verbo che la inquieta: "controllare".

Che cosa c'è, da controllare?

Istintivamente si guarda la camicetta, i jeans, nasconde gli scarponi vecchi sotto la sedia. Vorrebbe avere gli orecchini a campanella che ha la ragazza che si è tolta la maglietta. Se ce li avesse, ora piegherebbe la testa e lascerebbe che suonassero. Come un richiamo.

"Badoer abbandona il campo" fa lui con il tono di un radiocronista a una partita di calcio.

Amerigo non pare molto convinto, aspetta qualche secondo e poi si arrende.

"Cartellino giallo" ammette, e con un colpo delle ginocchia scosta la sedia e, mentre si alza, dà un calcio all'indietro e la fa cadere per terra.

"Tanto non vi serve un terzo incomodo" dice andandosene, e lei sente nel tono una spina di rabbia.

Ma subito se ne dimentica, perché quello che adesso la riempie, quello che le inonda i pensieri e se li porta via è che lei e lui sono diventati una coppia, sì una coppia. Il suo amico li ha lasciati soli, e ha detto che non hanno bisogno di nessuno.

Sono le undici passate.

Il tavolo a U ha smesso di essere il centro del mondo.

Quando Gessica torna, loro due non ci sono più. Il tavolo è vuoto.

Gessica si guarda intorno, le è venuto un sussulto di inquietudine. Ma non c'è ragione di preoccuparsi, non c'è ragione. Ora tornano.

Butta uno sguardo verso il salone. Una ragazza guarda nel vuoto, mezza distesa di traverso sul tavolo. Due ragazzi si parlano al di sopra della sua schiena piegata in avanti, come se lei non esistesse. Una tipa bionda infila meticolosamente una ciocca di capelli dentro il bicchiere del vino e poi la passa sulla tovaglia, come se dipingesse. Un tipo alto, in piedi, sta tenendo un comizio a un gruppo che se ne frega e urla e fa casino. Ma lui, nulla, va avanti come se niente fosse. Una ragazza si accoccola tra le braccia di un ragazzo vestito con una giacca pesante di lana verde, tutta abbottonata, anche se si muore di caldo. I piatti sono pieni di avanzi smozzicati, le bottiglie vuote.

Loro non ci sono.

Gessica è leggermente preoccupata. Non vuole essere preoccupata, ma prende in considerazione, suo malgrado, l'idea di andarli a cercare.

"Tra poco tornano" dice una voce calma, autorevole.

Lei si gira di scatto.

È Condorelli.

È rimasto per tutto il tempo della cena seduto sullo sgabello alto del bar, a fissare le strane iridescenze delle bottiglie, i colori delle etichette. Il rumore del grande tavolo a U gli arrivava come un rombo lontano di mare. È abituato a aspettare, Condorelli, è il suo lavoro. Tanto a lui, a casa, non lo aspetta nessuno. Per quanto sia discreto, per natura e per obbligo professionale, non ha potuto fare a meno di cogliere qualche frammento della conversazione che avveniva a qualche metro da lui, al piccolo tavolo schiacciato tra l'angolo del muro e la porta del gabinetto. E comunque la scena era inequivocabile. Benché sia un duro, benché tenga con estrema cura la sua anima sotto chiave, Condorelli ha provato una fitta di angoscia. Per questo, ora, ha riconosciuto lo stesso pulviscolo d'ansia intorno alla ragazza grossa, con i tatuaggi e i capelli fucsia. Per questo, ora le parla.

"Mi chiamo Condorelli, sono l'autista del marchese Costaglione."

"Accettola Gessica" dice lei, e gli tende la mano. "Piacere."

"Piacere mio."

Gessica lo soppesa con lo sguardo.

"Non è venuto in macchina, per caso?"

Una domanda così cretina non l'avrebbe mai fatta, se non fosse così preoccupata, accidenti a Santina!

"Scusi, non sono così tanto fuori di testa come sembro e non ho toccato il vino" si affretta a aggiungere Gessica. Lo guarda di nuovo. "È che lei è vestito così bene."

Condorelli si trattiene dal sorridere apertamente, ma si permette di provare una punta di compiacimento.

"Posso offrirle qualcosa?" fa. Ha piegato il mento in un inchino rapido, prima di dirlo, come se le stesse chiedendo di fargli un onore.

Gessica è abbastanza impressionata. Fa cenno di sì, con la testa e si arrampica sullo sgabello, puntando il gomito sul bancone. Condorelli ci ha girato intorno, e ora estrae dal mobile sotto il lavello due bicchieri e due sottobicchieri e li appoggia sul tavolo, prima i sottobicchieri (c'è il disegno di un cervo che esce dal bosco) e poi i bicchieri.

Vuoti.

"Cosa le servo?" fa Condorelli.

È bello questo gioco.

"Gin tonic" dice Gessica.

È l'unico nome di cocktail che conosce.

"Posso proporle invece un Cosmopolitan?"

E Condorelli, con l'abilità di un barman consumato, tira fuori dal frigo il sacchetto del ghiaccio, lo sbatte sul lavandino per frantumarlo, poi agguanta la bottiglietta di succo di limone, la stappa, poi afferra la bottiglia del Cointreau, la fa ruotare su se stessa, acchiappa lo shaker dalla mensola e ci versa dentro, contemporaneamente, il succo di limone, il Cointreau e il ghiaccio, poi agita il tutto con un gesto da ballerino, Tumb Deng, riapre il coperchio, ci butta dentro la vodka e il succo di mirtillo e poi ancora ghiaccio Tumb Deng e mentre agita si volta, arraffa dalla mensola la zuccheriera, ci tuffa dentro i bicchieri, uno dopo l'altro e finalmente ci versa dentro il Cosmopolitan.

Gessica è rimasta a bocca aperta.

E allora, solo allora, Condorelli si permette un mezzo sorriso e fa "Ne ho visti preparare tanti, sono vecchio, io".

Gessica lo guarda, pensa Avrà cinquanta anni. È una età che le sembra infinitamente lontana, ma non priva di attrattive.

Poi si siedono accanto, come due clienti del bar e parlano.

Gessica racconta del Capodanno sulla neve del Don e del negozio di parrucchiera e Condorelli ascolta come se gli interessasse davvero. E Gessica parla e parla, Sto dicendo una cazzata dietro l'altra, pensa, ma non smette, quest'uomo adulto, che non perde una parola di quello che lei sta raccontando e ogni tanto interviene con brevi domande azzeccate, comincia a diventarle indispensabile.

Di Santina non si preoccupa più.

Sono andati giù, per le scale buie che portano al gabinetto. È successo dopo che Amerigo ha abbandonato il campo, di malavoglia. L'ha guidata giù per qualche scalino, lei cercava di mettere gli scarponi di traverso, per non cadere. Le pareva di fare un rumore terribile, di certo se ne sarebbero accorti tutti. Lui la teneva sotto l'ascella e scendeva sicuro sui suoi mocassini Tod's.

Lui le ha scoccato un'occhiata complice, ha detto Sei stata brava, Amerigo è un pezzo di merda. La parolaccia, suo malgrado, l'ha fatta rabbrividire, istintivamente lei si è ritratta. Su su, ha fatto lui, non ti offendere, Amerigo lo è davvero. E poi si è messo a guardarla, in un modo che a Santina la pelle è diventata ispida dall'emozione.

"Siediti qui" le ha detto, e lei si è seduta.

Con un balzo, lui è tornato in cima alle scale, e ha chiuso con un colpo secco la porta.

L'oscurità ha inghiottito tutto.

"Dove è l'interruttore?"

"Subito a destra, accanto alla porta" ha detto dal buio una vocina stranamente decisa.

Clac.

Due lampadine da 100 watt hanno sparato sulle scale una luce da obitorio.

"Cazzo."

Lei ha strizzato gli occhi. La luce la rassicurava, ma anche le faceva spavento. Non voleva che lui la vedesse bene, ma anche lo voleva.

Un balzo, e lui era già in fondo alla seconda rampa, aveva aperto la porta del gabinetto, dove la luce del lavandino era sempre accesa. È risalito, tranquillo, è tornato accanto alla porta che dava sulla sala del ristorante.

Clac.

Le scale sono piombate di nuovo nel buio. Ma dal

basso ora sale, attraverso la porta spalancata del gabinetto, una pozza di chiarore.

"Così va bene."

Bene per cosa?

Per dire qualcosa, lei non trova di meglio che tornare sul solido terreno della camicetta.

"Ti piace davvero?" chiede, lisciandosela sui fianchi.

Lui le pianta negli occhi i suoi occhi di ferro blu, impenetrabili.

"Oh" sussurra Santina. Non ha mai visto occhi di quel colore, sembrano pezzi di metallo incandescente.

E di colpo lui dice: "Sgancia ancora un bottone".

È stato attento a non sembrare affannato, a azzeccare la necessaria mistura di dolcezza e determinazione. Ma lei si spaventa lo stesso.

"Perché" chiede, ma è poco convinta.

Di nuovo quegli occhi di ferro ficcati dentro i suoi.

"Perché hai un bel seno."

Lei avvampa.

"Allora sganciala perché fa caldo" sussurra lui.

Santina è come pietrificata, ma il seno si è gonfiato, scotta. Lentamente, non saprebbe dire come succede, lentamente solleva la mano e se la mette sul cuore, lentamente piega la testa sul petto, per scappare dagli occhi di lui. Ma intanto le dita cercano il bottone, si infilano dentro l'asola.

Tac.

Dalla camicetta esce la pozza d'ombra tra i suoi piccoli seni.

"Fammi sentire la tua pelle" dice lui, piano. Con delicatezza, scosta la mano di lei dal cuore, ci mette sopra la sua.

Si toccano.
Lei capisce subito che non c'è più scampo.

Comincia dagli scarponi. Si inginocchia davanti a lei e lei pensa Come per una domanda di matrimonio, ma lo sa che è un'altra cosa. Eppure lascia che il pensiero la culli.

Lui tira i ganci, li allarga con un colpo secco, poi infila la mano nella apertura tra i due pezzi della tomaia. E le afferra il piede. I calzini! Sapranno di cattivo, pensa lei. Non può fare a meno di pensarlo, perché una parte di lei è come sospesa sulla sua testa e sta a guardare cosa succede.

Un piede.

L'altro.

Gli scarponi rotolano giù nel buio. A lei pare che non facciano nessun rumore.

Tenendo i suoi occhi di ferro incandescente piantati dentro gli occhi di lei, lui sfila prima un calzino, poi l'altro. Ma continua a tenerle il piede, non lo lascia andare. Invece si china e comincia a baciarlo.

Lei non ha mai provato quella sensazione. Languore. E attesa. Lui bacia con lentezza l'arco del piede, dove la pelle è più sottile. Minuscole scariche elettriche cominciano a salirle su per la gamba, trovano la piega segreta del pube. Le labbra di lui baciano il suo piede come se fosse una bocca. E il suo piede si inarca. Cerca i baci, li vuole. Poi, lui comincia a farle sentire la punta della lingua. I baci diventano più dolci e poi, di colpo, cattivi, come un guizzo velenoso. La saliva le disegna striature luminescenti sulla pelle, e lui ne è eccitato. Agguanta con tutte e due le mani la punta del piede di lei e se lo ficca dentro la bocca. Lei sussulta come se avesse preso la scossa, sbatte con violenza la schiena sul bordo dello scalino. Ma non sente il dolore. Non ha più schiena, né gambe, né petto, non ha più nulla, solo il piede sente. Lui succhia la punta delle dita, dentro fuori dentro fuori dentro fuori. Le esce un piccolo grido da strega. Lui lascia andare il piede. Per un momento. Lei ha la testa che gira, come se il vento se la stesse portando via.

E poi, lui ricomincia.

Prende tra due dita la base dell'alluce e lo scosta leggermente dall'indice. Lei sente un brivido lungo di devozione, di spavento. Reclina il collo all'indietro. La lingua. La punta della lingua di lui è nella piega umida tra le due dita. Si appoggia dolcemente nell'incavo e resta immobile. Lei non riesce a sopportarlo, desidera quella lingua, con tutta se stessa, con tutto il grumo di desiderio che lui ha saputo trovarle dentro. Il respiro le si è fatto pesante, il piede brucia. Ma lui non si muove. La voglia di quella lingua è così potente che la annienta, le toglie tutte le forze, e proprio quando lei sta per svenire, su quello scalino di buio, proprio quando, sopraffatta, cede, la lingua si risveglia e comincia a battere piccoli colpi veloci per aprirsi il varco nello spazio angusto tra l'alluce e l'indice e batte e ribatte e batte e lei perde del tutto ogni controllo sulle sue sensazioni, la testa è una trottola, una ruota e la lingua di lui trova un altro interstizio, un'altra piega segreta, e inghiotte la punta del medio, poi dell'indice, poi del quarto dito e ogni volta si fa spazio con colpi decisi, apre, schiude, spalanca. Fino al mignolo. Lo lecca con dolcezza. E poi lo morde.

Le sfugge un grido. Lui schizza su, le mette una mano sulla bocca. Zitta, fa. Ma lei sente che invece è contento, di quel grido.

"Vieni."

Lei sa che non dovrebbe andare.

Invece scende davanti a lui, guidata dalle mani di lui che le stringono la vita, mette un piede avanti, poi l'altro, poi di nuovo il sinistro, il destro, il sinistro, il destro. Sente il corpo di lui proteso contro il suo, legato al suo, sente sulla pelle l'impronta delle dita di lui e ha ancora abbastanza lucidità per ringraziare in cuor suo il ragazzo del pesce, che le ha legato la camicetta sopra l'ombelico.

Vorrebbe essere nuda.

Questo pensiero è irresistibile.

Scendono, lenti, e sono una figura sola, un'ombra sola.

La porta del gabinetto è spalancata.

Lui la schiaccia contro la parete, le soffia addosso il suo respiro eccitato.

"Spogliati."

E ora Santina non è più Santina, non c'è più nessuna parte di lei che guarda dall'alto quello che sta succedendo.

E succede.

È lei che si sfila i jeans, lei che armeggia con i nastrini del lampadario per scioglierli, lei che sgancia uno dopo l'altro i bottoni della camicetta, e intanto lui, appoggiato al bordo del lavandino, la guarda.

La luce è fortissima, acceca.

Lei resta in reggiseno e mutandine.

"Sei bella" dice lui e le parole si depositano sulla pelle di lei, come api.

Ma lui non si muove.

“Cosa vuoi che faccia?”

Lei stessa si sorprende di averlo chiesto. E c’è un momento, un momento serrato di tempo, in cui lei ha davanti il pertugio da cui scappare.

Ma resta.

“Togliti le mutande.”

“Il reggiseno no?”

“No.”

Sembra di essere dal dottore. Ma non si può sapere cosa sta per accadere. Lei prova una fitta di inquietudine, ma invece di suscitarle il terrore che dovrebbe, la fitta le solletica la pelle.

Le mutandine sono in terra.

“Toccati.”

Lui è immobile, appoggiato al bordo del lavandino.

Non c’è più spazio, non c’è più il tempo. C’è solo il pizzicore dei capezzoli, l’umore che stilla dal sesso.

La luce è fortissima, le piastrelle del bagno sono immacolate. Istintivamente, lei si gira. Appoggia il seno alle piastrelle, lascia che il freddo le arrivi sotto il reggiseno, sotto la pelle. Comincia a sfregarsi contro le piastrelle. Tiene le mani allargate, come in croce. Una spallina scivola. Lei fa per sganciarselo.

“No, devi tenerlo addosso” ordina lui.

Lei lascia cadere le braccia lungo il corpo magro.

“Girati.”

Si gira.

“Mettiti qui, davanti allo specchio.”

Davanti a lui.

Ma lui non la tocca.

“Fai quello che ti ho detto di fare.”

Lei non l'ha mai fatto, mai. Non sa nemmeno come si faccia, non sa nemmeno come è fatta. Eppure ora sa tutto. Ora sente la carne tiepida e rugosa, e scosta con la punta delle dita i lembi per trovare l'insenatura dove il sangue batte, ora preme sulle pareti tese, elastiche e il groviglio dei peli le solletica il palmo della mano.

Lui è immobile, appoggiato al bordo del lavandino a mezzo metro da lei.

"Continua."

L'indice trova un varco, apre le piccole labbra di carne.

Si ferma.

Lei stringe le cosce.

"Sei vergine, vero?"

Lei fa cenno di sì.

Lui la soppesa con lo sguardo. Vede le gambe magre, il pancino piatto da bambina. Che lei sia vergine è una seccatura, ma può diventare un divertimento.

"Non l'hai mai fatto?"

Per la prima volta, da quando ha sceso le scale di questo mondo ignoto, lei prova vergogna. Fa cenno di no con la testa.

"Quanti anni hai?"

"Venti."

"Stammi bene a sentire, Giarruzzo Santina" dice lui con un tono da canzonatura, "sei sicura di voler scopare con me?"

Sìsìsì dice lei senza riprender fiato.

"Farà male."

Farà.

Male.

Di nuovo, le parole si depositano sulla sua pelle come api.

"Sì."

La reazione della ragazza l'ha sorpreso. Immaginava tremori, pianti, preghiere. Invece lei ha una sua arietta da puttana. Valle a capire, le donne.

"Uscirà sangue."

Di nuovo lei dice "Sì".

Ma lui non è ancora del tutto convinto.

"Perché proprio con me?"

Lei ha un piccolo smarrimento. È il secondo momento in cui il pertugio si apre. Il secondo momento in cui lei potrebbe scappare.

Non ce ne saranno altri.

"Resto" dice lei e la voce non trema.

Questa strana ragazza lo eccita. Ci si può divertire davvero.

"Che sono questi?"

Lui ha sfilato dai passanti dei jeans di lei i nastrini di raso azzurro e rosa del lampadario.

Lei si stringe nelle spalle. È nuda, senza mutande, ma il reggiseno è ancora al suo posto.

"Sei pronta?"

Non era così che lei se l'era immaginato, ma è così che sente di volerlo fare. Una bestiolina viva le è cresciuta dentro e non ha paura di nulla.

"Sì." E la voce non trema.

"Vieni qui."

Lei fa verso di lui il passo che da tanto tempo aspettava di fare.

"Ferma."

Con delicatezza, lui le solleva il polso sinistro. Ci passa intorno il nastro di raso azzurro. E stringe un nodo scorsoio. I due capi lunghi pendono. Ora il polso destro. Ci avvolge il nastro di raso rosa, fa un altro nodo scorsoio. Adesso lei ha come due braccialetti.

Lui la spinge verso il lavandino.

Lei è cedevole, morbida. Dentro di lei sale un'onda di tepore, screziata di lampi di paura. Ma è una paura da cui non vuole difendersi, una paura come guardare dentro il buio. Non vuoi smettere. Vuoi vedere.

"Metti il sedere sul lavandino."

Si stupisce lui per primo di non aver detto "culo". Non vuole spaventarla. Non troppo.

Lei si arrampica sul bordo. Le natiche sfiorano il ghiaccio della vasca. Contro la schiena, sente il duro del rubinetto, delle manopole.

"Stai su."

Lei si tiene diritta, per il poco che le riesce. Non era così che se l'era immaginato, ma è così che desidera farlo, con questo bianco intorno, con il gelo dentro le ossa, con il bruciore che sale dal segreto tra le gambe, con il seno gonfio.

Con lui che ordina e lei che obbedisce.

Lui si sporge sopra di lei e la nuvola del suo profumo la sommerge. Pensa Ora mi bacia sulla bocca. Non l'ha ancora baciata, sulla bocca. Ma lui non lo fa. Invece, le afferra il polso sinistro. Lei lo lascia fare ma il cuore frizza di un timore strano, insopportabile e necessario, la mente si fa scura. Lui le stringe il polso alla manopola del lavandino, lega i due capi del nastrino azzurro con un nodo molto stretto. Adesso ha preso tra le dita il suo polso destro, e lo inchioda allo stesso modo all'altra manopola. L'essere legata la costringe a inarcare la schiena, la canna del rubinetto le si pianta dentro la schiena, i seni puntano verso l'alto e la luce acceca.

Socchiude gli occhi.

"Mi devi guardare" ordina lui.

Lei lo guarda. Si sta spogliando. Si toglie con calma i mocassini, le calze, fa sfilare il pullover dal collo e resta nudo dalla cintola in su. È magro, ma ha il torso intessuto di muscoli spessi come una corazza. La fissa con i suoi occhi di ferro tagliente. Lentamente, si sfila la cintura.

La fa passare su e giù su e giù dentro il palmo della mano, poi schiocca la fibbia contro il pavimento.

E se la picchia? Il terrore le dovrebbe levare il respiro. Perché non succede?

"Ti dovrei far girare, è bello, sai, farsi sculacciare."

Lei annuisce. La bestiolina selvatica dentro di lei le mangia a morsi i pensieri.

Avanza verso di lei a passi lentissimi, i piedi nudi sul pavimento freddo, il viso chiuso. Si ferma. Schiocca la cintura nell'aria come un frustino. Un colpo solo. Lei tiene gli occhi bene aperti. Non si immagina nulla. Vive.

Lui si è accostato alle sue gambe serrate, le ha scostate, di poco. Ora c'è una pozza di buio sul lavandino bianco.

Ha sollevato la cintura sopra di lei, tenendola con le due mani. La fibbia ha mandato un lampo. Lentamente, lui le sfrega l'orlo della cintura sulla pelle. Comincia dal collo, e scende. Lei ha i sensi accesi, brucia come un fiammifero, il bordo ruvido le gratta la pelle e lei è invasa da un'ondata di eccitazione, percepisce i minuscoli avvallamenti del bordo, i grumi del cuoio la graffiano. È così concentrata che sente fisicamente il primo fragile strato di pelle che si ritrae, sente il cuoio duro che lo tormenta e, quando la pelle si spacca, una miriade di brevi scariche elettriche la attraversa e lei vi si abbandona con un mugolio di piacere.

Lui sembra soddisfatto.

Ma non smette.

Cambia solo il gioco. Ora tiene la cintura come fosse un serpente e la bocca è la fibbia. Dalla fibbia penzola il chiodo che la chiude ed è con questo chiodo che adesso lui le disegna sul seno tante minuscole croci e passa e ripassa la punta del chiodo negli stessi solchi, finché non sanguinano. Perché non si spaventa, perché non gli dice di smettere? Invece china la testa e guarda affascinata i tatuaggi cattivi che lui le ha inciso sul seno. Non prova nessun dolore, il rivolo di sangue che cola giù, nel lavandino bianco, non è il suo sangue, non è sangue, è acquerello rosso vivo.

"Può bastare" dice lui e si rimette la cintura nei jeans.

Ora va via.

Lei non vuole che vada via. Soffia via dalla bocca una ciocca dei suoi capelli leggeri, e gli cerca gli occhi. Adesso il metallo incandescente non le fa più paura.

Ed è lui che li abbassa. Fa scattare con il pollice il bottone dei jeans, con un colpo deciso delle due mani insieme li spinge via.

Il suo sesso esce diritto, dal nido scuro dei peli.

Lei prova un piacere infinito a guardarglielo. È rotondo, lungo, scoppia di vene blu, è gonfio, di un rosso scuro scuro, ma ha la punta rosa, e sulla punta una goccia trasparente.

"Ti farò male."

Lui viene verso di lei. Un passo. Due. Ora è vicinissimo.

Ora mi bacia.

No.

Con un colpo secco, violento, lui le cade addosso, il sesso rigido batte contro il tepore di lei. È come un'accetta. Ma non arriva in fondo. Lui ansima, spinge sempre più forte. Lei sente le lacrime pungerle gli occhi, sente che la sua carne si rinserra, si chiude, diventa pietra impossibile da bucare. Non era così che se l'era immaginato, ma è così che vuole che sia. La bestiolina ora è una bestia e grida. Di nuovo lui le chiude la bocca con la mano.

"Zitta!"

Ma si ritrae, sudato, rosso, il viso duro.

Lei grida ancora.

È un grido che arriva dalla notte, dalla paura, dal continente oscuro in cui si è avventurata.

Lo schiaffo le morde la bocca, le stampa sulla guancia il segno delle dita di lui, un marchio color carminio. La lingua finisce tra i denti e sanguina sul palato, e brucia. Ora lei singhiozza, legata per i polsi al lavandino, nuda, in quel bagno immacolato.

"Zitta zitta" dice lui e ha come una tenerezza nella voce.

Ma lei continua a singhiozzare e allora lui si china sul suo viso, lei può sentire l'alito del suo respiro e con dolcezza, meticolosamente, lecca a una a una le lacrime.

Le fa una carezza.

Si allontana.

A lei si spezza il cuore.

Invece no. Si sta mettendo in ginocchio davanti a lei. Con la punta delle dita le scosta le gambe, lei per istinto le stringe. Lui carezza la pelle tenera delle cosce, disegna con l'indice piccoli cerchi, onde. Poi avvicina le labbra. Bacia l'incavo fragile dove la coscia cerca il suo sesso, lentamente. E lentamente le gambe si schiudono, lo lasciano entrare, lasciano che la sua lingua scavi un sentiero segreto dentro di lei, e la lingua entra e poi si ritrae e poi torna e poi fugge e quel bacio che lei non ha provato mai la invade tutta e ora è lei che inarca il bacino lei che lo aiuta a penetrarla, lei che si divincola per aprirgli la strada. Ma è lui che trova il minuscolo monte che si protende fiero verso le sue labbra, è lui che lo stringe, lui che dolcemente la beve tutta. Lei si abbandona all'onda potente, rapida, al rombo che cresce dentro di lei, il pube si muove travolto dal piacere e lei si inarca di nuovo e esala un rantolo da bestia. E subito ricade all'indietro.

Come morta.

Lui si rimette in piedi, Santina tiene gli occhi chiusi e non gli vede il viso umido di lei. Non gli vede gli occhi di ferro tagliente.

La scioglie. Serviva a questo, il nodo scorsoio. I nastrini hanno inciso sui polsi delicati una striscia rossa.

Perché gli arriva alle spalle un fiotto di tenerezza?

"Vieni."

La adagia per terra, sul pavimento freddo. Poi si mette a baciarla, la bacia sui polsi, e poi sale su per le braccia, la bacia sulle scapole, sul seno. Il dolore si scioglie in cerchi vividi di un calore spossante, le gambe si muovono da sé, sono elettriche, ogni minuscolo poro della pelle si spalanca e ingoia sensazioni, riverberi e l'umido dei baci. Il sesso di lui è ancora durissimo, ma ora non fa più male, ora lei non ha più paura. Gli permette di aprirla, e lui si insinua con colpi sempre più fitti, più forti dentro il segreto di lei e con un colpo potente la spacca.

Ma lei non grida. Il dolore resta chiuso dentro la testa, e solo l'ebbrezza arriva al cuore. E ora nuotano insieme dentro lo stesso lago lucente, e il sesso di lui la raggiunge, la cerca, la trova e sono insieme, sono perfetti, sono le due metà del mondo riunite, sono un'anima divisa in due, morbida, cedevole. Restano avvinghiati sul pavimento freddo, rotolano, attorcigliano le gambe uno sull'altro, e giocano.

Lei è un batuffolo di purissima gioia, è un fiore spalancato. Il suo corpo splende più della luce che acceca questo bagno immacolato. Lui sale su con la bocca a cercarle l'incavo della nuca, la nicchia dietro l'orecchio, il tepore delle ciglia socchiuse. E all'improvviso, le afferra il viso e le stringe gli zigomi, con tutte e due le mani.

E finalmente la bacia sulla bocca.

Lei è scossa da un fremito violento, che nasce dalla terra e la attraversa tutta e lui è scosso dello stesso tremito, gemono insieme, vengono insieme, in un fiotto di fiati mescolati, di saliva, di baci.

Sì, per questo, pensa Santina, per questo è valsa la pena perdere il Paradiso.

Le butta addosso i jeans, la camicetta, le mutande con i cuoricini, non ha più pazienza, Rivestiti, dice. Lui è già tornato presentabile, i jeans, la camicia bianca il pullover di cachemire rosa, le calze blu, i mocassini. Si guarda di sfuggita nello specchio e si aggiusta il ciuffo che gli ricade sugli occhi.

"Sbrigati."

Lei ubbidisce e fa più svelta che può. Ma non è più la ragazza che ha sceso le scale con lui, un'ora fa. Raccoglie da terra i suoi scarponi e non se li mette, li tiene in mano, per il laccio della sicurezza e lascia che sbattano mentre sale verso la porta chiusa.

"Non te li metti?"

"No."

Escono dalla porta, prima lei, poi lui e una foresta di facce si volta verso di loro. Tranquilla, lei appoggia i suoi scarponi sul pavimento, accanto al tavolo. Gessica sta ancora appollaiata sullo sgabello del bar e le sembra quello che è, un pappagallo di tutti i colori. Ma accanto a lei è seduto un uomo sui cinquanta anni, vestito da ufficio, che subito distoglie lo sguardo. Gessica ha appoggiato il gomito sul bancone e si tiene la fronte con la mano.

"Cinquantanove."

"Cinquantotto."

"Cinquantasette."

Il tavolo a U urla il conto alla rovescia.

"Cinquantasei."

Le ragazze si alzano in piedi a turno e sventolano chi un cappellino di carta chi un tricchetracche. I ragazzi le abbrancano e le rimettono a sedere.

Schierata sulla porta della cucina, la famiglia della padrona aspetta con le bottiglie di champagne in mano.

Santina prende con naturalezza la mano di lui e lo tira verso il tavolo a U.

"Sessantanove!" grida Amerigo e tutti ridono sguaiatamente, ma a Santina non importa nulla.

"Cinquantacinque" dice tranquilla. E scocca a Amerigo un sorriso uguale al suo.

Verso le due, la padrona entra in agitazione, non ce la fa più a sopportare tutto quel caos. E il gatto delle nevi non arriva.

Hanno brindato molte volte, hanno festeggiato la mezzanotte uzbeka, cinese, brasiliana, tutte le mezzanotti del mondo e non importa se i fusi orari non tornavano. Hanno lanciato contro il muro parecchi dei bicchieri di cristallo verde e rosso con incisi i disegni della montagna e, a ogni bicchiere che andava in frantumi, il cuore della padrona si è spezzato, anche se, chiaro, metterà tutto in conto, e a prezzo doppio perché c'è il valore affettivo. Santina ha raccontato le storie del SuperBurger, di Tarid, del Crew del mese e tutti hanno riso. Maria Sofia ha preteso che lei mostrasse come si fa a sparecchiare in 32 secondi e lei sveltissima ha sbaraccato il posto di Amerigo mentre Filo la cronometrava con il Rolex superOyster di suo padre. Bea è scesa con lei nel bagno e si sono scambiate i vestiti, per ridere, ma a Santina la maglietta color prugna di Bea stava stretta e gliel'ha resa quasi subito. Tornare nel bagno dove era successo tutto non le ha fatto nessuna impressione, le è sembrato un bagno qualunque. Quando sono ritornate al tavolo a U, Oreste Pietrofor-

"E il casco?" dice Gessica.

Allora Santina si ferma e le regala un sorriso pieno di luce.

"Lo sapevo che venivi anche te!"

Devono ritornare indietro, abbandonare gli altri che stanno risalendo verso la pista dal passaggio con il ponticino, perché loro due, gli sci, li hanno lasciati infilati da qualche parte, accanto agli scalini di ghiaccio che portano alla terrazza.

"Guarda Gessica, sembrano meringhe!"

Santina indica le sdraio aperte, sommerse da uno strato di neve soffice, è felice di tutto, stasera.

E, se non bastasse, ci si mette anche la luna.

Sale, da dietro uno spuntone di roccia, una luna enorme, grossa, colorata di rosso. Santina e Gessica non l'hanno mai vista, una luna così. È più grossa delle montagne e sale lenta lenta, come in carrozza. A mano a mano che il suo perfetto ovale si staglia dentro il contorno dei monti, una luce d'argento riverbera tutto intorno e ogni cosa riacquista le sembianze, che la notte aveva rubato.

La pista si vede benissimo, e benissimo si vede la costa ripida del pendio e l'orlo sfrangiato del burrone, sulla destra. Le montagne si tengono per mano e le loro dita sono di neve. Pomagagnon, Cristallo, Pelmo, Sesto, Tofana di Mezzo, Col Drusciè.

Per un momento, la bellezza le ammutolisce. Ma Santina abbranca i suoi sci e grida "Svelta svelta, che li perdiamo!".

te stava ancora concionando sulla centralità della Lega negli equilibri politici del dopo-Monti e Amerigo gli ha tirato addosso una pigna presa dal centrotavola.

È stato come un segnale.

Ele ha preso subito un'altra pigna, Virginia lo stesso, Clemente ha strappato un ramo intero di abete dal festone che spioveva sul tavolo e Carlo ha impugnato un candeliere come una lancia. È cominciata una battaglia, le pigne volavano da tutte le parti, le candele anche, c'è stata una ecatombe di vischio, tappi di champagne, arance spiaccicate. Ridevano tutti come pazzi. Tranne Gessica e la padrona. E Condorelli.

Gessica, per tutto il tempo da quando Santina era tornata, ha tenuto il muso, ha fatto quella indignata e non si è mossa dal suo sgabello, e da Condorelli. Neanche per il brindisi. Santina si è scordata di andarla a cercare, era troppo presa dalla sua vita nuova.

Un rumore di raspo sul ghiaccio, rantolo di motore.

Il gatto delle nevi è arrivato per riportarli a valle.

Invece no.

Solo Condorelli si è alzato, è andato verso il guardaroba a cercare il suo giaccone. Gli altri, tutti, i meravigliosi titolari dei posti al tavolo a U, non si sono mossi.

Deve esserci qualcosa che mi sfugge, pensa Santina. È eccitatissima, l'ultima cosa che le viene in mente è di tornare a casa.

Casa. Dove? Nello splendore dei suoi pensieri nuovi, Forno di Zoldo proprio non c'entra.

Un colpo sulla spalla.

Si volta.

È Gessica.

Fa un cenno con la testa, la piega di lato, svelta, per dire Si va.

L'altra spalla di Santina è incollata a quella di lui, e l'altra mano riposa sul suo sesso, ancora indurito sotto i jeans.

Santina scuote la testa.

Gessica è indispettita.

"Ci dà un passaggio Condorelli col gatto delle nevi."

"Io resto" risponde decisa Santina.

Lui si è piegato verso il suo collo e le sta facendo un succhiotto.

Gessica non riesce più a trattenersi, le dà uno strattone, "Vieni via".

Le è uscita una voce da gallina che starnazza, e tutte le facce scoppiano a ridere.

"Vieni via Vieni via Vieni via" grida Amerigo e comincia a dare spinte a tutti.

La padrona, incastrata nell'unico angolo dove la guerra non è arrivata, trema pensando ai piatti dipinti a mano con i fiori, non si possono rimpiazzare, non li dipinge più nessuno. Infatti un piatto vola a pochi centimetri da Gessica e si infrange contro il muro, "Sciò Sciò" grida Amerigo e si dispone a fare ancora un po' di tirassegno.

La padrona fa un passo avanti. "Si deve chiudere, mi dispiace" dice con il tono di un giudice che emana la peggiore sentenza si possa infliggere.

I piatti sono salvi.

Strascicando i piedi, spingono via le sedie. Ora sono tutti in piedi. Anche Santina. Anche lui.

Si gira e fa "Vieni?".

Lei lo segue e basta.

"Ma che fai, sei scema?" grida Gessica quan
sce cosa sta per succedere.

Sul gatto delle nevi ci salirà solo Condorel
sacchetti delle scarpe. Loro, tutti, scenderann
Sono già seduti sulla panca, sulle sedie de
mettersi gli scarponi, i guanti, il casco, la masc

"Ma è buio" azzarda Gessica.

Santina le regala un sorriso che splende.

"Non hai visto la luna?"

Gessica si precipita alla finestra, solleva la
e vede solo la notte. Non sa che il rifugio è im
dentro una rientranza delle rocce, non sa che
doio davanti alla porta è stretto e la parete di n

E adesso, di nuovo, per la seconda volta, i
notte di Capodanno, Gessica deve decidere.

Potrebbe salire sul gatto delle nevi, scende
quillamente a valle, e ci sarebbe Condorelli
discorsi che non si sono mai interrotti, da q
sono conosciuti. Certo, poi resterebbe il prob
arrivare a Forno di Zoldo, ma ci si potrebbe
dopo, con calma, al sicuro in piano. L'altern
rebbe infilarsi gli sci, e scendere seguendo la p

Nel buio.

Una cazzata.

Afferra Santina per un lembo della giacca a

"Non fare la scema, saliamo sul gatto delle
hai fatte abbastanza, di cavolate, stasera."

Ma lei le scrolla via la mano, tira su la cernie
infilando i guanti.

È già sulla terrazza e corre nella neve. Lo strato sottile della nevicata del giorno prima si sgretola sotto i suoi passi, con un lamento di cristallo spezzato.

Proprio sotto di loro, una piantana di cartelli riporta le indicazioni delle piste: Vitelli, Franchetti, Rio Gere, Bigontina.

Hanno fatto in tempo.

Gli altri sono ancora tutti in gruppo, indecisi sulla via da scegliere per la discesa. Condorelli ha chiesto al conducente del gatto delle nevi di aspettare e, per convincerlo, ha dovuto tirar fuori la cortesia tra colleghi, l'uomo che porta il gatto delle nevi è giovane e di certo ha una moglie carina che lo aspetta per festeggiare il Capodanno come si deve.

Quello che si fa il primo giorno dell'anno, si fa tutto l'anno, pensa Condorelli. Non sa perché, ma intanto cerca con lo sguardo i capelli fucsia di Gessica.

Eccola.

Accanto a lei c'è la ragazza bruna. Sono leggermente defilate dal gruppo, qualche metro più in alto. Si stanno mettendo gli sci. Condorelli osserva meccanicamente che hanno scelto il posto sbagliato, troppo in pendenza. Le vede sorreggersi una con l'altra, battere a lungo la suola degli scarponi contro l'attacco, che non scatta. Deve esserci del ghiaccio infilato tra le scanalature della suola, pensa Condorelli. E per un attimo gli viene in mente che potrebbe avvicinarsi, aiutarle, togliere con la punta del bastoncino la neve rappresa che impedisce all'attacco di chiudere bene.

Poi si guarda le scarpe e decide che non è il caso.

Sale sul gatto delle nevi, e si sistema al posto accanto a quello del guidatore.

"Allora, hanno deciso dove vi ritrovate?" domanda l'uomo così, per cortesia.

Rio Gere.

"Dài dài sbrigati che sono già partiti!"

Santina adesso è leggermente inquieta, non sa perché.

"Vai avanti tu" dice a Gessica, perché è Gessica quella che va più piano. Santina ormai si sente sicura. Infatti aspetta che Gessica parta, in diagonale, spingendosi con i bastoncini per non prendere troppa velocità e quando la vede restare in piedi anche dopo la prima curva, prende un respiro, si abbassa sulle ginocchia, flette il corpo in avanti e si butta a capofitto per la discesa.

La pista è un tappeto liscio, che splende. La luna la inonda di una luce argentea, riverberata dalle rocce, screziata dell'ombra degli speroni che la incidono e impongono, in certi tratti, curve molto strette, che tolgono la visuale. Più in basso, si vede la sagoma densa dei boschi. Sulla punta degli abeti, la neve ha spolverato grani di zucchero, sui rami ha caricato strati spessi di panna soffice. Santina ci si vorrebbe tuffare dentro, ha il petto che le scoppia dalla gioia. Non c'è vento, ma la discesa le colora lo stesso le guance di rosa.

Si dimentica, e supera Gessica, che arranca a spazzaneve su un muro difficile.

È talmente bello sciare dentro questo splendore, bagnarsi della luce dei monti, del cielo tinto di turchino, sentire il fruscìo degli sci sul primo strato di neve polverosa, e voltarsi di scatto per vedere la nuvola di minuscole scintille candide che si solleva dietro le code degli sci, a ogni curva.

Si ferma un momento per vedere dove sono gli altri.

Sono ancora in gruppo, loro. Scendono in fila indiana, seguendo il medesimo tracciato, da lontano, dal punto più alto dove si trova lei, si potrebbe pensare che siano formiche scure svegliate dalla luna.

Invece, lì, c'è il suo amore.

Il cuore le fa un balzo, la bocca diventa secca.

E di colpo la investe uno schizzo di neve, e un colpo di aria smossa la fa vacillare.

Gessica!

Passa a razzo, a sci uniti, piegata in avanti, con la testa tra le ginocchia. Non ha l'aria di controllare molto gli sci, ma va veloce, questo sì. Va molto veloce.

Troppo.

Santina la vede infilare velocissima la pista che corre lungo il bordo del burrone, la vede saltare sulle cunette, ma resta in piedi.

Ha come una premonizione. Qualcosa le si schianta dentro, qualcosa la costringe a girare la testa dal lato opposto, dalla parte dove un'altra pista, più larga, più facile, si infila tra i costoni verso i piloni della Funivia.

Eccoli.

Sono loro.

Il gruppo scende senza fretta, curva dopo curva dopo curva. In testa, ad aprire la strada, c'è il suo amore, Santina riconosce la sua giacca a vento rossa e le nasce dal cuore un sorriso di gratitudine.

Vede il gruppo arrivare al bivio.

Ora gireranno a destra.

Invece il gruppo fa una curva secca e imbocca la pista larga, quella di sinistra, che scende accanto ai piloni e al bosco, e che si vede benissimo, illuminata dalla luna.

Santina si impietrisce.

Gessica ha sbagliato pista.

E ora è Santina che deve decidere. Da una parte c'è Gessica, con il suo spazzaneve sghimbescio, i capelli fucsia, i tatuaggi. Dall'altra parte c'è il suo mondo nuovo, che la aspetta.

Gessica non può essere andata molto lontano, si sarà fermata di certo, si sarà accorta di avere sbagliato, starà risalendo a scaletta per tornare al bivio e prendere la pista giusta. Non ha bisogno di aiuto, Gessica.

Lei se la cava sempre, pensa Santina.

Gira le punte degli sci e si butta dentro la discesa.

Si è fermata al bivio. È andata molto veloce, ce l'ha fatta, a riprenderli. Sono a metà del muro. Il suo amore con la giacca rossa ha seminato tutti ed è già in fondo, là dove la pista si infila tra le rocce con un'ansa come di fiume. I suoi sci tracciano nella neve appena battuta una scia luminosa punteggiata dagli sbuffi di nuvola che, a ogni curva, sollevano le code. Se si mette a uovo, da qui in alto, supera tutti e lo raggiunge. E dopo scenderanno insieme, lei gli starà accostata, ripeterà il suo tracciato, e lui ogni tanto si girerà per essere sicuro che lei ci sia. Lei gli butterà un bacio, ma poi, vicino al bosco, si fermeranno e lui la bacerà davvero, e ci saranno le sue labbra i suoi denti la sua lingua e la testa che si svuota e si riempie solo delle sue labbra dei suoi denti della sua lingua. E ci sarà il silenzio, e il respiro potente degli abeti carichi di neve, e di bellezza. E allora lei gli metterà la testa sul cuore e lo sentirà battere, anche se la giacca rossa del suo amore è spessa e lui appoggerà la bocca sui capelli di lei e la terrà abbracciata.

Invece si gira.

Alla sua destra, la pista corre diritta e una montagnola di neve fresca toglie la visuale. Ma lei sa che dietro c'è il burrone.

La trova che piange.

È rotolata sotto a una cunetta e sta distesa su un fianco come un balenottero spiaggiato.

"Sono scema" farfuglia Gessica e leva verso Santina il suo viso di pagliaccio, il mascara si è sciolto e lacrime nere le rigano le guance, i capelli fucsia sono fradici, il cappello di lana è volato chissà dove.

"Dammi la mano."

"No."

"Dammela."

"Sono scema, non so sciare e ti vengo dietro di notte su una pista nera." Tira su col naso, e ci strofina contro il dorso della mano.

"Non è nera."

"Cazzo! Ma sei proprio scema! Non è nera ma per me è nera, capito? Io qui non ci dovevo venire, non ci dovevo venire, capito?"

Si è tirata su a metà, ha puntato il gomito, cerca di darsi una spinta col sedere, per rimettersi in piedi ma scivola.

È caduta di nuovo all'indietro, la rabbia è evaporata. Gessica singhiozza con la faccia dentro la neve. Intorno, la luna bagna d'argento le montagne e il bosco.

Santina si china, si toglie gli sci. Sa che è una cosa che non si deve fare, mai levarsi gli sci su una discesa ha detto la maestra Marika. Allora sta attenta, li incastra bene, di spigolo, contro il pendio e poi se li toglie con attenzione, e li pianta subito dentro la neve fresca, calzandoli fondi perché non partano da sé. Poi fa un passo verso Gessica, sollevando prima uno scarpone e poi l'altro, appoggiandosi ai bastoncini.

Gessica è una macchia nera a metà del pendio e Santina arranca per raggiungerla. Eccola. Santina scruta la superficie della neve, cerca il posto più sicuro per puntare gli scarponi e tirare su Gessica porgendole il bastoncino. Andrà tutto bene. Tutto bene. Adesso Gessica si tirerà su, sarà in piedi, lei le scrollerà la neve di dosso, le ripulirà con la punta del bastoncino i ganci degli scarponi, poi, quando Gessica sarà tranquilla, lei si rimetterà i suoi sci, tanto sa come si fa, anche su una discesa, e insieme saliranno a scaletta per tornare al bivio e prendere la pista giusta. Per ritrovare gli altri. Per raggiungere il suo amore.

Ora Santina è accanto a Gessica, allarga le gambe per aumentare l'equilibrio. Un sassolino minuscolo schizza sotto la suola degli scarponi e istintivamente Santina schiaccia la punta dentro la neve, per non cadere di lato.

È allora che se ne accorge.

Gessica ha perso uno sci.

“Non può essere andato molto lontano” dice Santina, ma non è tanto convinta nemmeno lei.

“È volato di sotto, quando sono caduta, lo so, non lo ritroviamo mai più.”

“Ma no, vedrai che si è infilato nella neve, con questa luce lo vediamo subito.”

“Non lo ritroviamo più.”

Gessica è ancora sdraiata nella neve, Santina è ancora in piedi davanti a lei. Ma nulla è come prima.

“Intanto alzati.”

“No.”

“Vuoi morire congelata?”

Lei non sa come le è venuta fuori questa frase. “Congelato” fa pensare ai pesci del supermercato. Loro due non c’entrano nulla.

Ma Gessica sta zitta. Non singhiozza nemmeno più, è come un fagotto morto.

“Dài.”

Le ha allungato il bastoncino e con la sinistra la spinge per una spalla.

“Dài, tirati su.”

Gessica pianta per terra la mano, dà un colpo di reni, barcolla, scivola, barcolla di nuovo.

Ma è in piedi. Su uno sci solo, con lo scarpone sommerso dalla neve fresca, ma è in piedi e si tiene a Santina per non cadere di nuovo.

Ha perso anche un guanto.

Devono decidere cosa fare. Santina ha tolto a Gessica l'unico sci rimasto, e per sicurezza l'ha piantato nella neve, ma è chiaro che a scaletta, ormai, non possono salire. Potrebbero ritornare al bivio senza gli sci, scavandosi una specie di stradina, come quella che c'è per andare dalla pista alla terrazza del rifugio, ma ci vorrebbe troppo tempo. Gli altri sarebbero già arrivati in fondo alla pista, non ce la farebbero mai a raggiungerli. E se cadessero? Se la neve cedesse? Se l'appoggio di punta non bastasse e lo scarpone scivolasse? Sotto di loro, il pendio è ripido, liscio. Gessica si è fermata tra due cunette, è stata fortunata, avrebbe potuto continuare il suo volo sgangherato fino in fondo, fin dove arriva lo sguardo. Alla fine del muro, la pista si allarga in una specie di chicane, gira intorno a un'isola di abeti e poi sparisce.

"Che si fa?" domanda Gessica.

Ed è allora, è solo allora che Santina si rende conto dell'enormità del guaio in cui si sono cacciate, perché Gessica non ha mai, mai chiesto a Santina cosa fare, prima di stanotte.

Potrebbe dire Non lo so. Potrebbe mettersi a piangere lei, adesso. Un certo pizzicorino le è salito alla punta del naso, e anche se lei ha deglutito parecchie volte, è rimasto lì. Sono sole, nel cuore della notte, su una pista chiusa, senza poter chiedere aiuto a nessuno.

Il telefonino!

Che scema, pensa Santina.

Si dà il tono più autorevole che le viene e fa Andiamo a bordo pista e telefoniamo al soccorso.

Gessica la guarda stranita.

"E chi glieli dà i 400 euro?"

"Ma questa volta è gratis, mica è colpa nostra essere qui."

E mentre lo dice, Santina si rende conto che invece è proprio colpa loro, anzi colpa sua, anzi colpa che lei è scema più scema delle sceme. Si avvicina a Gessica.

"Dammi la mano."

"Che vuoi fare?"

"Li vedi gli alberi, laggiù?"

Gessica ha la faccia cupa.

"Sono troppo lontani."

Ma Santina le scocca un sorriso di quelli che sanno tutto.

"Fìdati!"

Gessica non ha l'aria di volersi fidare, ma poi ci ripensa, si volta verso Santina e le tende la mano.

Santina si piazza al suo fianco. Sono di traverso sul pendio, in una posizione instabile, gli scarponi non tengono la presa.

"Siediti, dài."

"Ma sei scema? Mi hai appena tirato su e vuoi che mi rimetta a sedere?"

Ma Santina l'ha già trascinata giù, e sta abbarbicata a lei come una scimmia. Gessica non fa in tempo a scrollarsela di dosso, che Santina le ha già fatto ruotare le spalle e le è montata quasi a cavalcioni. Un colpo, e le cosce di Santina si incollano alle sue, un altro colpo, sono le braccia di Santina che prendono lo slancio. Via! Insieme scendono velocissime giù per il pendio, scivolando sul sedere come se fosse uno slittino. Gli abeti si fanno sempre più vicini, il vento buca la faccia, la neve scricchiola come un tappeto di cristallo e loro due strillano di paura e di eccitazione e la luna le guarda, alta dietro le creste dei monti, indifferente.

Il posto che si sono trovate è abbastanza comodo. C'è uno slargo piatto, e un grosso abete col tronco liscio, i rami fanno un riparo.

"Ora telefono" dice Santina.

"Sei sicura?"

"Non vuoi mica dormire qui?" fa, e ride.

Si allontana di qualche passo e Gessica la vede agitare il telefonino, sollevarlo, abbassarlo. Dopo un po' ritorna, e ha la faccia contrita.

"Mi sa che mi è finito il credito."

Gessica ha un soprassalto di angoscia. L'ha finito anche lei con la telefonata al Don.

E ora che si fa?

"Le chiamate di emergenza funzionano sempre, anche senza credito" dice Gessica, che sta riprendendo il suo ruolo di capo. "Chiamo io." Ed è Gessica, ora, che si mette in piedi, alza e abbassa il telefonino, e poi si allontana e si avvicina e va verso gli alberi, poi torna nello slargo, poi si azzarda a spostarsi verso il burrone. Ma alla fine deve arrendersi.

"Cazzo, non prende."

Per un momento, l'enormità di quello che stanno vivendo le sommerge. Sono sole, senza che ci sia modo di chiedere aiuto, in piena notte, su una montagna sconosciuta, al freddo.

Gessica si lascia cadere in ginocchio sulla neve e china la testa. Sui capelli fucsia adesso ci sono tante minuscole schegge di ghiaccio, la mano senza il guanto è rossa e gonfia e comincia a farle male.

"Mi dispiace tanto."

Santina si accoccola vicino a lei, la guarda senza toccarla.

"È colpa mia" dice. E si mangia le labbra.

"Sei scema? Sono io che ho sbagliato pista."

"Però te volevi scendere con il gatto, mica con gli sci."

Per un attimo, la faccia di Condorelli entra nel campo visivo di Gessica, proprio come se fosse lì, accanto a lei e lei sente la sua voce calma Vi riporto giù io.

"Senti, sono sicura, tra un po' ci vengono a prendere" dice Gessica. "Mica si possono scordare di noi!"

Santina respira sollevata.

"Che stupida! Non ci avevo pensato, ci vengono a prendere di certo, girano il gatto delle nevi e arrivano qui."

Scruta in basso, proprio dove la pista si infila nel bosco. Arriveranno da lì. Il suo amore la starà cercando. Si sarà voltato, avrà visto che lei non c'era. Avrà aspettato. Anzi, no, sarà andato a cercarla, sarà risalito a scaletta fino al bivio, avrà capito che lei si è sbagliata, cioè no, ha voluto sbagliarsi perché si era sbagliata Gessica. Avrà guardato giù, per la discesa, senza vederle e allora avrà pensato che la cosa migliore era arrivare il più veloce possibile al punto di ritrovo e mandare su il gatto delle nevi a prenderle e quando il gatto delle nevi arriverà, ci sarà il suo amore seduto accanto al posto di guida e salterà giù con un balzo e le correrà incontro come nei film, e poi si abbracceranno e lui la farà girare come una trottola e a lei la testa girerà come una trottola, e poi cascheranno abbracciati sulla neve e lui la bacerà come l'ha baciata nel gabinetto del rifugio.

"Che c'è da ridere?"

Gessica ha sollevato la testa e la guarda seccata.

"Niente."

Gessica comincia a aprire e chiudere le dita della mano senza guanto.

"Hai freddo?"

"Te no?"

Fa un po' freddo, in effetti. Magari sotto i rami dell'albero, il freddo non arriva.

"Qui si sta bene!" grida Santina e agita la mano verso Gessica. C'è una specie di nicchia, tra uno sperone di roccia e un sasso imbiancato di neve, e sopra i rami dell'abete fanno da tetto.

"Ma se stiamo qui, non ci trovano."

"E perché?"

"Perché siamo nascoste dalle rocce."

"Ma tanto lo sanno, che siamo qui."

"Già, e come lo sanno?"

La paura le sommerge come una coperta nera.

No, non può succedere a loro, non può succedere nulla, basta aspettare, stare tranquille e aspettare.

"Io metto la giacca sulla curva, così la vedono subito, che dici?"

Santina si è già tirata giù la lampo.

“Sei scema? Vuoi morire congelata? La giacca ti serve.”
Gessica si guarda intorno.
“Mettiamoci gli sci.”
Si guardano disperate, gli sci sono infilati nella neve, a metà del muro, tra le due cunette dove è caduta Gessica.
“Ci possiamo sempre stare noi” considera Santina e intanto perlustra con lo sguardo appuntito il punto dove la pista si restringe per entrare dentro il bosco.
C’è qualcosa che scintilla.
La luna è ancora alta nel cielo turchino e disegna tra gli abeti chiare pozze di luce bianchissima.
C’è un balenìo come di metallo, tra il costone e il tronco di un piccolo albero appena nato.
Santina corre, incespica, si rialza, gli scarponi però fanno presa con facilità, adesso che la superficie è in piano. Scosta un ramo, un altro le frusta il viso, lei lo scansa con la mano. Arriva dove c’è il metallo che scintilla.
È lo sci perduto di Gessica.
Adesso hanno il segnale per i soccorritori.

“Ne vuoi un po’?”
Si sono sistemate nella nicchia che sembra una capanna, Gessica con la schiena appoggiata al sasso e Santina seduta tra le radici sporgenti del grande abete. Arriva dal profondo del bosco come un respiro leggero, di vita addormentata. Santina si è frugata nelle tasche e ha trovato un Kit Kat avanzato dal viaggio in pullman.
Gessica scuote la testa.
“Quanto ci sarà da aspettare, secondo te?” domanda ancora Santina.

Gessica ha la faccia dura. Dice Non lo so.
"Però è bello."
Il turchino del cielo si è infilato tra i rami lunghi dell'abete e bagna la neve di riflessi blu. Intorno agli aghi si è condensata una luce azzurrina, che un vento leggero muove di brevi lampi scintillanti. La neve, che si era sciolta con il calore del mezzogiorno, si sta ghiacciando al gelo che invade la notte. Sugli aghi verdi si sono depositati minuscoli prismi di cristallo. Da qualche parte, nel folto del bosco, fruscia uno zampettare lesto, sarà un coniglio, una volpe.
C'è una gran pace.
"È strano essere qui" sussurra Santina. Parla a bassa voce, per non disturbare il bosco.
Gessica si stringe nelle spalle, rabbrividisce.
"Sì. È strano."
Ma a Santina non basta. Non ancora.
"Te l'avresti detto, che ci si sarebbe trovate qui?"
Un soffio lieve di vento carezza il sasso e si porta via uno spolvero di neve trasparente.
"No."
"Però ci siamo."
Nel silenzio, palpita la luce azzurra della luna.
"Certo che è strano quello che ti può capitare" sussurra Santina.
"Sembra che non ti dispiaccia per nulla che siamo finite qui" dice Gessica e le pianta addosso uno sguardo carico di risentimenti.
Lei china la testa, pentita. Lo so che è colpa mia, dice.
"Falla finita con la storia della colpa e della non colpa. Se ci volevo salire, ci salivo, su quel maledetto gatto

delle nevi...” E poi la folgora un pensiero. La domanda che avrebbe dovuto fare da subito. “E te, perché hai sbagliato pista?”

Santina deglutisce. E tace.

“Io è stato perché andavo troppo forte, ero a sci uniti e nemmeno ho visto che ce n’era un’altra, di pista” prosegue Gessica. E intanto cerca di ripercorrere con la mente tutti quei maledetti minuti in cui si è fatta portare dai maledetti sci dove non doveva andare. C’era il vento, c’erano le cunette, doveva spingere fortissimo sulle ginocchia per tenere gli sci vicini e poi ha sentito un colpo e non lo sapeva ma era lei e è rotolata giù a una velocità pazzesca, sbattendo da tutte le parti. E, alla fine, si è fermata a faccia in giù dentro la neve.

“Non importa” fa Santina.

“Non importa che?”

“Non si decide sempre tutto, ti pare?”

“Non si decide nulla” dice Gessica, dura. “Se lo vuoi sapere.”

“Sì” dice Santina, con una voce così bassa che quasi non si sente.

Da qualche parte tra le ombre scure, un uccello sbatte le ali. Vola via.

“Brrrr” fa Gessica, ma Santina resta zitta.

“Pensi a quello?”

“Sì.”

Gessica si sporge verso di lei e le pianta gli occhi addosso.

“Che ci hai fatto?”

Le radici del grande abete premono contro la schiena di Santina. Lei sente i nodi duri del legno tra le scapole. Pensa alle manopole del rubinetto quando lui l'ha legata.

"Allora, me lo dici o no?" fa Gessica.

Le scale buie, la porta del bagno da cui usciva una luce. Come di paradiso. È troppo difficile da raccontare.

"Siamo scesi giù" dice alla fine Santina e le esce dal petto un sospiro.

Ma Gessica non molla.

"Almeno è stato bello?"

Perché a Santina sale un pizzicore dentro il naso? Perché le viene un nodo dentro la gola?

"Era la prima volta, vero?"

Piano piano, dolcemente, una lacrima svelta sguscia sulla guancia fredda di Santina.

"No" fa lei, mentre se la toglie via con l'indice intirizzito.

"Invece sì."

Ora tiene la cintura come fosse un serpente e la bocca è la fibbia. Dalla fibbia penzola il chiodo che la chiude ed è con questo chiodo che adesso lui le disegna sul petto tante minuscole croci... Troppo difficile da raccontare.

"Ci siamo innamorati."

"Davvero?"

Adesso Gessica ha una voce cattiva.

"Sì, perché, che c'è?"

"Senti" fa Gessica e le sta vicino vicino. "Tu pensi davvero che uno come quello si innamori di una come noi?"

Come è freddo, il fiato di Gessica. Come fa paura.

"Ci siamo innamorati" dice Santina, con forza. Se non

fosse così stanca, si alzerebbe in piedi, lo griderebbe alla valle e dentro il bosco.

"Ah, davvero? E che ti ha detto?"

Ti dovrei far girare, è bello, sai, farsi sculacciare... È troppo difficile da raccontare.

"Che sono bella."

Perché Gessica non smette? Perché continua a chiedere?

"Ha capito subito che eri vergine, vero?"

Gessica, Gessica, per favore smetti. Fa troppo male. Fa troppo male.

"Come ha fatto a convincerti?"

Ah, no, non mi ha convinto, proprio no, non mi doveva convincere.

"Sono stata io."

"Non ci credo."

Perché Gessica non si rimette a sedere contro il sasso, perché non sta zitta?

"Sono stata io che gli ho detto cosa vuoi che faccia. E allora mi ha fatto togliere le mutande, ma il reggiseno no, e prima mi ha levato gli scarponi, sai e stavamo seduti sulle scale e era buio e lui aveva acceso la luce del gabinetto e mi ha levato i calzini anche, e io avevo paura che sapevano di cattivo, ma invece no. E poi mi ha baciato i piedi."

La voce di Santina non è più flebile, adesso. È diventata musica, le parole sono note che gocciolano dentro il loro rifugio, e non c'è più la neve, non c'è più il bosco blu che formicola di passi segreti, c'è solo quella scala, quel lavandino, quell'attesa.

"E poi mi ha leccato tra le dita dei piedi, e mi ha succhiato le punte e poi siamo andati dentro il gabinetto e poi mi ha detto Girati e poi...”

Santina non ha più le parole.

“Che ti ha fatto, quello stronzo, eh, che ti ha fatto?” Gessica quasi urla. Ma è così stanca che le esce di bocca come uno strido. E basta.

Piano piano, dolcemente, spuntano dagli occhi di Santina lacrime nuove, sono minuscole e scintillanti, come i fiori del gelsomino notturno. E questa volta lei le lascia scorrere. Non fa nemmeno il gesto di asciugarsele.

“Li vorrei morti, quelli come loro” ringhia Gessica e batte con la mano nuda un gran pugno nella neve dura.

“Ci siamo innamorati” dice di nuovo Santina, ma ora la sua voce è un sussurro.

Gessica è tornata a appoggiarsi al sasso, stremata. Non dice più nulla.

Che c’è ancora da dire? pensa Santina. Sente nelle orecchie le parole di lui Toccati Girati Mettiti qui davanti allo specchio Fai quello che ti ho detto di fare Continua Ferma Mettiti a sedere sul lavandino Mi devi guardare.

Se le ricorda tutte, non se le può scordare. Ma ora che non c’è più lui a dirle, le parole non sono più le stesse. Sono coltelli che le trafiggono il petto. Nessuna è una parola di amore. Come ha fatto, a non accorgersene? Strizza gli occhi per ricordare. Un minuto fa, ricordare era dolce. Ora fa male.

Dal bosco arriva un sussulto, e poi il colpo secco di un ramo che si schianta. Par di sentire dei passi e il respiro di una bestia cattiva. Santina schizza in piedi. Scruta l’ombra inquieta degli abeti, l’orlo nero del dirupo. Il cuore le spacca il petto. Si guarda intorno per cercare un bastone. Ma intorno c'è solo la neve, sbiancata dalla luna, il bosco è tornato silenzioso. Di un silenzio che fa paura. Di colpo, non ha più forze. Cade in ginocchio sulla neve dura.

Lui è arrivato con la sua sedia in mano, e si è messo a sedere senza chiedere permesso. Ciao, ha detto. Era così bello. E la guardava. E Gessica è stata scortese, ma lui è rimasto. Lei si è presentata e anche Gessica. Lui ha detto Buonasera e basta. Poi Gessica è andata via, benedetta Gessica, e lui ha detto Bella camicetta. E allora lei ha detto Sei gentile. E lui Anche tu. E poi hanno parlato di Tore e poi lui ha detto Sei una santa? E poi la sua bocca si è fatta così vicina che lei ha respirato il suo respiro ma è arrivato il suo amico. Non è stato gentile, il suo amico. E allora lui l'ha mandato via. L'ha difesa! Si difendono le persone a cui si vuole bene, pensa Santina. Socchiude gli occhi. Si sforza di crederci. Fa così freddo senza di lui, in questa nicchia ghiaccia. Fa così freddo, senza le sue mani. E ora lei scende di nuovo le scale buie, di nuovo è nel gabinetto con la luce che acceca, di nuovo ha la testa vuota, piena solo di lui. E di colpo tutto è finito e lui dice Sbrigati. Solo Sbrigati.

E ora le lacrime sono un fiume e lei si torce tutta e si stritola il viso con le mani ghiacce. Oh no non può essere questo l'amore. Non era amore. Non era nulla. Nulla nulla nulla. Come ha potuto essere così cieca? Come ha potuto credere che uno come lui guardasse una come lei? Le esce dal cuore un grido straziante. E lei si butta tutta dentro il suo grido, lascia che le mangi il fiato, la vita, la speranza, tutto. Resta per terra come un sacco vuoto. E allora Gessica si stacca dal sasso, con una pena infinita, e striscia fino a lei, centimetro dopo centimetro sulla neve gelata. E Santina la scuote via. Ma Gessica la tiene stretta finché non si è calmata. Nella luce blu che filtra dentro il loro rifugio, lacrime e moccico diventano cristalli.

"Hai freddo?" domanda Santina all'improvviso.

"No, perché?"

Gessica è tornata al posto di prima, sta appoggiata al sasso e si guarda la mano che ha perduto il guanto. È diventata rigida, le dita sono intirizzite, non le riesce quasi più aprirle e stringerle e allora per scaldarsi ci ha soffiato sopra. Il fiato almeno è caldo.

Santina si alza e le viene vicino. Si mette in ginocchio accanto a lei, e, con delicatezza, come se si potesse rompere, prende la mano di Gessica, la stringe tra pollice e indice. E se la mette in bocca. Succhia dolcemente la punta delle dita e ci passa intorno la lingua e intanto massaggia il dorso, e il palmo e vorrebbe con tutte le sue forze che quella povera mano tornasse calda, tornasse viva. Se la toglie di bocca e comincia a darci sopra tanti schiaffetti.

"Senti male?"

"No, non sento nulla."

"Ma come nulla?"

Gessica alza le spalle.

E se perdesse la mano? Succede, certe volte. Fa tanto freddo. Poi gliela dovrebbero amputare e come farebbe, Gessica, con una mano sola?

Santina prende una decisione: si sfila il suo guanto.
"Tieni."
"E te?"
"Se stiamo accanto ci si riscalda" sussurra. Si accoccola vicino a Gessica e appoggia il capo sulla sua spalla.
"Vieni qui" fa Gessica e prende la mano nuda di Santina e se la sistema al caldo, sotto l'ascella. Hanno le teste vicine vicine.
"La senti, te, la musica?" sussurra Santina. Ha sollevato il visino, per guardarla.
"Io spero di sentire il motore del gatto delle nevi."
"Sì, ma intanto, prova a sentire."
"Cosa c'è da sentire?"
Il silenzio è vivo. Sale dalla valle e porta con sé la scia del suo viaggio, un mormorio d'acqua di torrente, il colpo secco di un rametto che si spezza, e il respiro possente dei boschi che la luna calante tinge di un blu lumeggiato del bianco purissimo della neve.
"Io non sento nulla."
Santina fa un sospiro. Sulle narici ha tanti minuscoli cristalli di ghiaccio.
"Sei triste?"
Gessica rimane zitta.
"Cosa è che ti dispiace?"
Da qualche parte, nel bosco, un grumo di neve si stacca dal ramo e cade a terra, con un rumore soffocato.
"Tutto."
La mano di Santina carezza la gamba di Gessica, dolcemente.
"Come si chiama tuo padre?" dice Gessica all'improvviso. Ha la voce dura.

"Giarruzzo Ninuzzo" risponde subito Santina, e suo malgrado le viene sulle labbra un sorriso. "È alto, è molto forte, lavorava al reparto Fonderia, prima che la fabbrica chiudesse. Ha anche la barba, ma ora è bianca." Pensa a suo padre come l'ha lasciato un anno fa, al bar con gli amici a bere e a giocare a carte, dalla mattina alla sera. "E la mia mamma Giarruzzo Fina."

"Beata te" dice Gessica, e la sua voce ora è un sussurro.

La mano di Santina accarezza di nuovo la gamba di Gessica. Intorno a loro, le ombre degli abeti si fanno più lunghe. Fa tanto freddo.

Gessica prende un respiro fondo, ha le labbra ghiacce. "Io, mio padre, non so nemmeno come si chiama."

Le parole restano sospese nel silenzio. E di colpo uno strido. Un battito d'ali. Un corvo nero si leva in volo dal bosco. Santina sussulta.

"Ha messo incinta mia madre e se n'è andato ma mia madre ha deciso che mi voleva tenere lo stesso, però ha dovuto venir via dal paese, per questo sono nata a Roma. Mi ricordo che ogni tanto veniva l'assistente sociale a controllare come stavo e a Natale c'erano le Dame di San Vincenzo che ci portavano in casa il pacco con la pasta, la bottiglia dell'olio e il panettone."

Santina rabbrividisce. Povera Gessica.

"E allora io ho cominciato a lavorare subito, non mi andava di perdere tempo a scuola, li odiavo quei temi Parla della tua famiglia. Ho preso la licenza e ho smesso."

Santina tace. Ma Gessica continua, le parole hanno dormito dentro di lei per troppo tempo. La sua voce limpida distilla piccole gocce fredde di dolore.

"Per primo lavoro, part-time nella impresa delle pulizie dove lavorava mia madre. Sveglia alle tre di notte, perché gli uffici di giorno non li puoi pulire. Ma non ce la facevo, sai, e una notte non ce l'ho fatta a alzarmi dal letto e il lavoro l'ho perso. Ma intanto avevo sedici anni e certi altri lavori li potevo fare. Allora sono andata dal padrone del bar di via Toti e mi sono offerta. Lo sapevo che era un posto che non ci voleva andare nessuno, per via che ci capitavano i carabinieri e anche i poliziotti a arrestare le puttane e i magnaccia. È stato lì che sono diventata grassa, mangiavo tutto quello che avanzava, tanto sarebbe andato buttato via. E poi ho fatto il call center, e poi, con la lista di disoccupazione, la ausiliaria netturbina del Comune di Roma. Cercavo sempre di stare sul camion che andava alla discarica, per vedere i gabbiani. Poi sono venuta a Milano, perché c'era uno che mi piaceva, un ragazzo, e mi aveva detto Vieni che ti sistemo io ma tanto lo sapevo che poi, invece, non mi sistemava, nessuno ti regala nulla."

Gessica inghiotte un fiotto di saliva. Prova inutilmente a muovere la mano intirizzita. Fa sempre più freddo. La loro nicchia comincia a riempirsi di un'ombra azzurrina. È così stanca. È tanto tempo che è stanca. Il tepore di Santina è sul suo petto.

"Sai, forse non ci dovevo venire, a Milano, anzi a Cernusco. Forse dovevo restare a Roma. La vita è come giocare a carte, questo l'ho imparato. Ti danno le carte, tu le guardi, e scegli come le vuoi giocare. E poi le giochi. Ma quelle carte lì non ti tornano più."

La voce di Gessica è quasi un sospiro. Ma lei la sente. Allora alza la testa e l'abbraccia stretta stretta.

La luna sta tramontando dietro l'orlo sfrangiato dei monti e loro due sono un puntino, uno solo, che diventa sempre più nero dentro la notte che avanza.

Dopo un po' Santina si asciuga gli occhi e si allunga accanto a Gessica. Le loro teste sono vicine vicine. Possono sentire i loro respiri.

"Fa parecchio freddo" riconosce Santina e si batte le mani sulla schiena per scaldarsi. "Avevi ragione che la giacca serviva."

Tutte e due pensano subito al gatto delle nevi che le verrà a prendere.

"Secondo te, quanto ci metteranno ancora?" domanda Gessica.

Ha la voce flebile. Non si sente quasi.

"Oh, poco, stanno arrivando, vedrai" dice Santina. Si sforza di aver un tono allegro, come se quella fosse una avventura e basta. Qualcosa che dopo si può raccontare. Sente il corpo di Gessica rilassarsi accanto al suo. Gessica le crede.

Santina allunga la mano, non vorrebbe ma la mano si muove: da sé. Tocca il braccio di Gessica. Cerca di stringere la manica della giacca, ma le dita sono intorpidite, le riesce solo battere un piccolo colpo. Subito il braccio ricade senza forza sulla neve ghiaccia.

Lei lo sa. Lei sa che non arriverà nessuno.

È sparita la luce chiara della luna e sale, dalle pieghe delle montagne una coperta di buio. L'aria è gelida.

"Hai paura?" sussurra Santina.

Gessica ci mette parecchio tempo, a rispondere. E, quando risponde, parla così piano che quasi non si sente.

"Sì."

"Ti fa ancora male la mano?"

"Sì."

"Dammela."

Santina se la infila dentro la giacca e la massaggia dolcemente.

"Sai" dice, "te per me sei la mia migliore amica."

"Anche te."

"Fortuna che ci siamo trovate" sussurra Santina.

Ora dal profondo del bosco arriva uno spiffero ghiaccio.

"Secondo te..."

Santina ha la voce che trema, ma vuole dire quello che vuole dire.

"... secondo te, come è morire congelate?"

Gessica dovrebbe saltar su, arrabbiarsi, dovrebbe dire Come sei scema, dovrebbe darle una botta sulla mano, dovrebbe mettersi a ridere.

Loro non moriranno congelate.

Perché Gessica non risponde?

Allora Santina si risponde da sé.

E lo fa a voce alta, perché tutti sentano, il bosco, i monti. E il buio.

"Noi non moriamo di certo congelate, perché a noi ci vengono subito a prendere col gatto delle nevi e arriviamo al paese e subito ci beviamo una cioccolata calda doppia e ci mangiamo due brioches con la marmellata, o tre e anche dei krapfen..."

"E lo strudel, un sacco di strudel" dice Gessica. E

intanto se la stringe al petto e finisce che ridono, tutte e due, anche se hanno la bocca impastata di freddo, e i brividi dappertutto.

Ma il tempo passa e non arriva nessuno. Ormai non ci si vede quasi più.

“Che ore saranno?” domanda Santina.

“Le tre, o le quattro, penso.”

“Perché non guardi l’orologio?”

“Perché il maglione si è ghiacciato e la manica non si stacca dal guanto.”

“Ma perché non ci sono le stelle?”

Forse perché è Capodanno e il cielo è cambiato, pensa Gessica. No, è perché ci sono le nuvole. Sì, le nuvole. E se ci sono le nuvole, ci sarà una tempesta. La neve le seppellirà.

“Dovevamo restare a Forno di Zoldo, col Don. A quest’ora saremmo al caldo nel nostro letto.”

Ha la voce piena di rabbia. Lei lo sa che la vita non ti dà niente, e non si è mai aspettata niente, la mattina si alza e respira. Punto.

Ma morire è troppo.

Si scuote di dosso Santina e si mette a sedere diritta, e poi si punta sulla mano sana, ma è debole, è infreddolita, le ci vuole uno sforzo enorme per riuscire a mettersi in piedi. Barcolla, ma è decisa. Arriva al centro dello slargo. Santina è paralizzata dalla angoscia. Sa che sta per succedere qualcosa di brutto, se lo sente. La vede battere i piedi nella neve fresca, incespicare, rialzarsi. La vede alzare al cielo le braccia. E poi comincia a correre in tondo, come una pazza e di colpo si ferma, si mette le mani a imbuto intorno alla bocca e grida grida grida

Aiuto Aiuto Aiuto Aiutateci. Ma ha la voce sempre più debole. Di colpo crolla sulla neve ghiaccia, come un fiore a cui un giardiniere senza pietà abbia reciso il gambo.

"Non è nulla, non è nulla, non piangere."

È Santina che ora l'abbraccia, è Santina che le scalda il viso con le mani, che le asciuga le lacrime, è Santina che la sostiene. Barcolla sotto il suo peso ma non cade e lentamente, un passo dopo l'altro, la riporta nel loro riparo di rami, con dolcezza la fa sdraiare, e poi le aggiusta le gambe, i capelli, come a una bambola rotta. E quando Gessica si è tranquillizzata e ha smesso di tremare di freddo, di rabbia, di paura, Santina appoggia la bocca vicino alla guancia di lei perché sa che deve dire la verità.

"Anche io vorrei essere a Forno di Zoldo col Don" e intanto le sfiora con le dita intirizzite la guancia ghiaccia.

Pensa alla camera con la finestra murata dell'albergo Genzianella, ci deve fare un bel caldo, lì. Pensa alla cioccolata a volontà del Bar Caffè Bucaneve. Si sforza di sentire in bocca il sapore dolce della cioccolata bollente, inghiotte parecchie volte cercando di ricordarselo. Ma niente. E poi le viene in mente il SuperBurger e i panini, MaioneseInsalataFormaggioSalsaBurgerSalsaProsciutto-PomodoroOrigano e l'odore della crew room e le decorazioni di Natale. Natale a casa, dalla sua mamma, con Tore, con il papà col vestito nero e la camicia bianca della festa e il paese con le luminarie e la Madonna della Mazza che la benedice.

E di colpo un pensiero le buca la testa.

È tutto finito.

Non ci tornerà mai più, non tornerà mai più da nessuna parte... Non li vedrà mai più. Non ci saranno più gli abbracci della mamma, non vedrà più lo sguardo triste del suo papà. E il motorino, a Tore, non glielo regalerà nessuno. Pensa a Tarid. A tutti i baci che gli poteva dare, e che non gli darà mai più. Chi gliele farà, le carezze sui suoi capelli di ferro, mentre pulisce in ginocchio le gambe dei tavoli? Chi lo difenderà dalla cattiveria della hostess? Magari si potevano sposare. Potevano fare un bambino. Tanti bambini con gli occhi neri e i capelli ispidi e le gambette svelte da rincorrere per le strade di Termini mentre la sua mamma la guarda dalla finestra. Le spunta sulle labbra bianche un sorriso. Lei li vede, sì, li vede i suoi bambini. Sono proprio belli. Fa tanto freddo. Ma se chiude gli occhi, può essere al sole, a casa, a Termini, se chiude gli occhi non fa più tanto freddo.

Restano per un po' abbracciate, e il buio diventa sempre più fitto, le sagome degli abeti quasi non si distinguono più, anche la pista sta per essere inghiottita dalla notte.

Come faranno, a trovarci? Gessica fa fatica a mettere in ordine i pensieri, la testa è stretta in una morsa ghiaccia, se solo non avesse perso il cappello, quando è caduta... I capelli sono fradici. Prova a toccarsi con la mano sana prima un orecchio, poi l'altro. Ha perso la sensibilità. Allora si tocca la punta del naso, e prova a darsi un pizzicotto. Nulla. Forse sta perdendo la faccia. Forse si staccherà come quella dei Visitors.

Perché non arriva nessuno?

La voce di Santina si è fatta esile, arriva da molto lontano, dal buio fondo della notte.

"Hai sonno, te?"

Gessica si sforza di rispondere senza impastare le parole, ma la mascella è diventata pesante. Trova la forza di dire una bugia.

"No."

Pensa alla sua mamma, che a quest'ora dormirà, finalmente, per una notte intera. O forse no, forse avrà preso il lavoro del Capodanno al ristorante dell'Eur per tirar su degli euri in più e ora sarà a rovesciare bicchieri rotti e grovigli di stelle filanti dentro i bidoni della raccolta differenziata. Non si sono fatte gli auguri, quest'anno. Parlava con Condorelli e si è scordata. Pensa al ragazzo di Cernusco. Pensa al Don, alla maestra Marika, alla proprietaria dell'albergo Genzianella. Le facce si affollano dentro la sua testa, si confondono, e da qualche parte nel suo cervello la titolare del negozio di parrucchiera le sbatte in mano una busta e fa Sei licenziata! Lei si mette a piangere e la rondella dello skilift la colpisce sulla testa, ma arriva Don Marco e le mette intorno al collo tutte le ghirlande luminose dell'albero di Natale e lei smette di essere triste. Le palpebre sono diventate tanto pesanti, si chiudono da sé.

"Dormi?"

Santina le dà una gomitata, e lei si riscuote con un sussulto, come se tornasse da un mondo lontano.

"Ti devo dire una cosa" fa Santina.

Gessica è stanca, è tanto stanca, non ha voglia di sentire nulla, vuole solo dormire. Piegare la testa sul petto e lasciare che arrivino i sogni.

"È una cosa brutta."

Come pesa la testa, adesso, come pesano le gambe, le braccia.

“A me mi dispiace di morire.”

Dal ramo si stacca all’improvviso una stalattite di ghiaccio, e cade con un rumore sordo sulla neve soffice, senza spezzarsi. Gessica si sforza di afferrare il senso di quello che la sua amica ha appena detto. Cosa ha detto Santina? Lei ha sonno, ha tanto sonno. Con una pena infinita solleva le palpebre. Farfuglia qualcosa.

Fa sempre più freddo. Il gelo arriva dappertutto, sale dal terreno e si mangia la pelle, la carne, le ossa.

Il respiro di Santina si è fatto lento. Gessica ha chiuso gli occhi. Forse dorme.

Arriva dal buio una musica. Santina la sente salire piano piano, dolcemente. È un violino che si strugge. Suona nel cavo delle rocce.

Si accoccola vicino a Gessica.

E le viene accanto Tore. Ohi Tore, bello, che ci sei venuto a fare qui? Ci sei venuto a salvare? Sì sì fa Tore con la sua testolina bruna. Ha la maglietta a righe e i pantaloni della tuta da ginnastica. Ma non senti freddo, Tore mio? Lui scuote la testa. Oh, c’è anche la mamma. Non hai freddo, mamma, con la tua vestaglietta sbracciata? E il papà, il papà dove è? Mi mancate tanto. Ma ho tanto sonno, mamma, tanto sonno. Mi si chiudono gli occhi. Perché non vuoi che dorma?

Il primo dell'anno 2013

SEGGIOVIA DI RIO GERE
Stazione di Partenza
Ore 2.45

Sigieri ha chiuso la discesa con un cristiania ineccepibile e si è fermato in fondo alla pista e ora li guarda scendere con l'aria di essere lì da ore. Ha una canzonatura negli occhi, ma aspetta Amerigo per farne uso. Gli altri scendono in fila, e disegnano le spire di un serpente nel candore abbacinante della pista.

La luna è ancora alta e la notte, a valle, ha perso gli splendori d'oro delle cime e si illumina di un bianco che fa male agli occhi.

Scendono veloci, gli altri, ma lui è stato più veloce. Non si è fermato mai, non sopporta di dover aspettare qualcuno. Non si è girato nemmeno una volta. Gli sci lo hanno portato dove voleva andare, docili, ubbidienti, mentre lui fletteva le ginocchia sui lastroni di ghiaccio, mentre si piegava in avanti per mordere la pendenza. Subito dopo la Bigontina, era già stufo di fare il capobranco e allora si è staccato da loro e ha scelto la via tra gli abeti. Ha bucato con la sua serpentina precisa la quiete del bosco. Si infilava tra le ombre corte surfando sulla neve soffice, intatta. Gli sci suonavano una musica come di violino, e una volta hanno dato una nota falsa, lunga, stridente, come un lamento.

Ma lui non ha sentito.

"Sei il solito strafigo" dice Bea e gli si butta addosso, gli è arrivata diritta sugli sci e ha fatto in modo di seminare gli altri, per essere la prima a venire da lui. Lui le dà per abitudine una pacca sul sedere e sente l'umido della neve. Deve essere caduta, pensa. Filo Carminati inchioda a mezzo metro da solo, Non ti sei portato la Ferrari, vero Sigi? dice con una faccia schifata.

"No, lui ha Condorelli."

È arrivato Amerigo.

È impeccabile, la faccia nemmeno arrossata, gli occhiali Ray-Ban con le lenti trasparenti brillano nella luce esagerata. Un piccolo elfo maligno partorito dai monti.

"Vai troppo piano, Badoer" dice Sigieri e si sporge leggermente in avanti, un guizzo velocissimo del bastoncino e Amerigo frana sulla neve, di fianco, come un balenottero spiaggiato.

Ridono tutti, ma più di tutti ride Ele, perché teme le sue battute perfide, e se potesse lo cancellerebbe dalla faccia della terra, Amerigo, come fa lei, per divertimento, ma non tanto, quando si consola della vita immaginando nei dettagli minimi la morte delle persone che detesta. Poi però chiede scusa a Dio e spera che non se ne ricordi. Maria Sofia si sta togliendo gli sci e Ascanio è accoccolato sui suoi scarponi, i ganci non si aprono, si sono ghiacciati per il freddo.

“’Azzo che freddo boia” dice Oreste Pietroforte e batte i piedi sulla neve per scaldarsi.

“Lega maiala!” grida Amerigo, che intanto si è tirato in piedi e ha calciato via gli sci, che ha sganciato senza fatica perché i suoi sono attacchi Lone Star fatti arrivare da Aspen, Colorado, e il freddo, ai suoi attacchi, non gli fa una mazza.

Oreste Pietroforte gli si butta contro e ora rotolano nella neve, giocando a darsi dei pugni veri. Virginia guarda gli altri, incerta, Non li dovremmo separare? fa. Tutti si stanno godendo lo spettacolo, e Martino Acerbi, che è stato zitto tutta la sera perché gli giravano, ora saltella eccitato e urla Finiscilo Finiscilo, non si capisce chi.

“Io vado” dice con calma Sigieri ed è come se fosse suonato il gong dell’arbitro, l’incontro di pugilato finisce subito. Sul tappeto maciullato di neve sporca, resta Oreste Pietroforte indolenzito.

“Vengo con te” fa Amerigo a Sigi, e abbranca Virginia per la vita, da una parte, e Bea dall’altra. “Queste pollastre vengono con noi, anzi con me, vero pollastre? Mi serve il pompino di inizio anno.” Bea ride tutta contenta, e Virginia si domanda, ancora una volta, come ha fatto per tutta la sera, che ci sta a fare, lei, in questo branco di cialtroni.

Nel parcheggio, la processione dei taxi li sta aspettando e c’è l’Audi di Sigieri.

Condorelli fuma appoggiato al cofano, tiene la sigaretta con i guanti, gli altri autisti stanno rinchiusi in macchina, con il riscaldamento acceso. Il freddo è meno cattivo che in alto, ma morde lo stesso, si insinua sotto i piumini Moncler, Peuterey, dentro i pantaloni tecnici

Oyster, Ellesse, Tragenau, agguanta la pelle esposta della nuca. Si è levato un vento gelido, insolito per questa ora della notte. Ma è vero che a Rio Gere il vento c'è sempre.

"Insomma Condorelli" dice Amerigo, "vedo che lei ancora non si è rotto di stare a servire quel rompipalle del suo padrone" e gli allunga una manata sulla schiena. "Auguri Auguri, Condorelli, che nel 2013 che ci aspetta di magnifici destini e progressivi, la schiavitù venga abolita e lei possa partire per Las Vegas a dilapidare quel poco che il tirchio Costaglione le ha pagato in tutti questi anni." Condorelli gli apre la portiera del sedile di dietro, impassibile. "Grazie Signor Conte" fa. E Amerigo non sa perché, ma ammutolisce.

La fila che erano loro giù per le discese magnifiche del Faloria, un serpe lungo di riflessi argentati nella notte chiara, ora è la fila delle macchine che scendono i tornanti verso Verocai, Pecol, Cianderies, Crignes, e poi attraversano il paese addormentato, Corso Italia, il Ponte sul Boite, su verso Pocòl, e le Tofane.

Perché è a Pocòl che vanno. Nell'ex Hotel Principe delle Nevi, chiuso da anni dopo i fasti degli Anni Ottanta, un valligiano furbo ha aperto una discoteca temporary, per i giorni esatti delle vacanze di questo Natale di crisi. Si chiama "Manitoba".

Arrivano alle tre, ma i loro due tavoli sono lì vuoti che li aspettano, i cestelli dello champagne pronti, le flûtes allineate e una pila di Coca Zero per le ragazze quando saranno troppo ubriache. Le macchine li hanno scaricati davanti alla passatoia rossa infradiciata, dove un tizio in livrea da cocchiere di Pugaciov li ha salutati con deferenza, spingendo via la folla dei poveracci che da ore aspettavano nel gelo di essere ammessi. "C'è Giorgia Palmas!" ha sussurrato emozionata una ragazzina di Borca di Cadore aspirante all'ingresso, e Bea le ha scoccato un sorriso trionfante, la scambiano sempre per qualche velina.

Sono entrati e il buttafuori teneva la tenda aperta per loro, la guardarobiera è uscita dal suo sgabuzzino per prendere di persona i loro giacconi, ed evitare loro la seccatura di dover aspettare facendo la fila come gli altri. Un bell'uomo con i capelli cortissimi si è avvicinato, uscendo da una porta accanto al guardaroba dove c'era il cartello "privato" e è venuto a salutarli. Oreste Pietroforte si è gonfiato come un pavone, "Caro Moretti, che si dice?" ma il proprietario prima ha salutato Sigieri e Amerigo, e dopo lui.

Al tavolo si sono seduti camminandosi sui piedi, le ragazze subito hanno conquistato la postazione più ambita, sulla spalliera della panchetta, con i tacchi a infilzare il velluto e le gambe all'altezza dello sguardo dei maschi. C'è stato un momento lungo di acclimatazione, le spalline sono scivolate e hanno lasciato le spalle nude, un seno è comparso schizzando fuori dallo scollo a V di un maglione di Ralph Lauren con i cristalli di neve. Filo Carminati si è piazzato d'angolo, dalla parte delle Coca-Cola e le ha scansate con un gesto secco, perché gli servivano due flûtes da spaccare per far l'effetto del ghiaccio e dimostrare la tenuta delle gomme della sua Range, passava e ripassava le pinze del ghiaccio sull'ecatombe di cristalli e spiegava a Ascanio che il rumore fa la differenza tra i copertoni da sfigati e quelli ganzi che ha montato lui. Poi si sono messi a ballare, tutti tranne Ele, che è rimasta a guardarli con aria schifata, augurandosi in cuor suo che morissero prima possibile e prima di tutti quello stronzo di Amerigo. Il quale, come se le avesse letto i pensieri, le ha mandato un bacio dalla pista dove la gente si pigiava come l'uva nel tino e fumava allo stesso modo in cui fuma l'uva, ma di sudore. E poi, di colpo, ha allungato l'avambraccio e si è messo la mano nell'incavo del gomito per dirle Vaffanculo. Lei si è ritratta come se le avesse dato un pugno.

Maria Sofia titillava, sotto il tavolo, il sesso indifferente di Sigieri, e sperava che lui non si alzasse.

Verso le cinque, quando la musica è cambiata perché il dj venuto da Belluno aveva finito l'ingaggio, loro si sono messi a bere, scientificamente, il loro Ruinart Rosé e si sono stravaccati sui divanetti, in ammassi confusi di mani, gambe, piedi, bocche, mentre una povera cantante falsobrasiliana si avventurava in sambe e merengue improponibili e Amerigo la impallinava sul posto chiamandola Belén de noantri. E intanto Ascanio ha cominciato a fare il gioco delle tette, e girava da una ragazza all'altra con la bottiglia di Ruinart versando su ciascuna di loro un rivolo sottile, cercando di beccare l'attaccatura dei seni.

Fuori, mentre aspettava appoggiato al cofano, fumando la millesima sigaretta, Condorelli contemplava la notte che era calata dai monti e gli è venuta in mente la ragazza dai capelli fucsia. Non gli è sembrato che ci fosse, e neanche l'amica bruna. Saranno tornate a casa, pensa Condorelli.

E un po' gli dispiace.

Ma intanto sono le sei e da dietro il Terzo Spigolo della Tofana di Rozes, a 2878 metri di altezza, sale un chiarore color rosa, che promette una giornata di sole splendente. Per ora fa ancora molto freddo, un freddo maligno che buca le ossa.

Condorelli, lui, il freddo non lo sente, non l'ha mai sentito. Perché allora rabbrividisce?

Escono dalla discoteca che il sole è già sbucato tra le Cinque Torri e la gelata del mattino ha inchiodato le gomme. I tassisti si stanno dando da fare con il cric, Condorelli è già al suo posto e sta scaldando il motore della Audi.

"Chi c'è che vuole un passaggio?" chiede Sigieri, in un inusuale accesso di gentilezza. Accorrono quattro ragazze, e gli tocca mettersi Bea sulle ginocchia, mentre Maria Sofia si siede davanti, accanto a Condorelli. Ele e Virginia spingono il fianco accanto al suo. Girandosi, per controllare la situazione, Maria Sofia spera che tutto il gran lavoro che ha fatto, sotto il tavolo, non dia i frutti nel momento sbagliato.

La Audi le deposita una dopo l'altra davanti ai loro chalet e lui se ne frega dei loro litigi per restare per ultima. E finalmente è solo. C'è Condorelli, ma Condorelli non conta, è come l'impianto Bose: è un accessorio.

Allunga le gambe, si abbandona sul sedile. È stremato. Si appisola ma si sveglia quasi subito, appena sente Condorelli scalare le marce, per affrontare le tre curve che dalla SS 51 portano a Fraina. Apre appena le palpebre, per il piacere di guardare la casa. Ma non è la casa, che guarda, benché, lo riconosce, abbia il suo fascino, cupa contro il cerchio delle montagne che la sovrastano.

Cerca, invece, il balcone della camera di sua madre e si domanda se si sarà già addormentata. Desidera spasmodicamente darle un bacio.

SKI AREA DEL FALORIA
Pista Vitelli, m. 2340
Ore 7.00

Giovanni di Bona porta il gatto delle nevi da quando aveva diciotto anni e conosce le piste di Cortina meglio di casa sua. Potrebbe guidare con gli occhi chiusi e saprebbe esattamente quale zona della pista battere, dove girare per non impiantarsi dentro le cunette e dove infilare la scorciatoia per tagliare il bosco.

Stamattina il suo lavoro gli piace particolarmente, perché invece di svolgerlo come sempre di notte, alla luce dei fari, gli hanno spostato in avanti l'orario, dato che è il Primo dell'anno e la gente ha fatto bisboccia ieri sera e allora oggi le piste aprono eccezionalmente alle nove, e la funivia anche.

Stare lì, da solo, al centro della conca di montagne color ocra, giallo, senape, oro rosa, intarsiate del grigio delle grafiti e del bianco della neve polverosa, gli riempie il petto di soddisfazione, come se i monti di Cortina fossero suoi. Da padrone, sale e scende al centro della pista, traccia percorsi, schiaccia cumuli ingrigiti. Così, per divertimento, si inerpica sulla pendenza di costa e si ferma con le ruote a pochi centimetri dallo strapiombo, i freni del suo gatto sono precisi al millimetro.

Giovanni di Bona è un cortinese vero, gran lavoratore e buono d'animo. Pensa a sua moglie Doris, che sarà già in cucina a preparare la mangiata di oggi, il cervo coi mirtilli, la polenta col formaggio, la gallina in brodo e gli viene su un sorriso di compiacimento. A lui la famiglia gli è sempre piaciuta. Anche sua suocera Nives, che è una rompipalle, e poi ora rompe ancora di più, con il fatto che ha deciso, alla sua bella età, di prendere in gestione un albergo fatiscente in val di Zoldo, a Forno, gli pare, e ci sta buttando dentro un sacco di sghei, che se quella matta non gli venivano le idee strane, quei bei sghei gli sarebbero arrivati nelle tasche a lui e alla Doris, quando, Dio non voglia, la vecchia dovesse schiattare. E a lui e alla Doris, che hanno quattro femmine, gli sghei non bastano mai.

Ingrana la prima e fa inversione. Ha già lavorato il lato destro della Montagna sotto il Rifugio del Grembo, è passato alla Vitelli e l'ha trasformata in un guanciale immacolato, ma si è tenuto la Franchetti per ultima, per godersi con calma gli strapiombi, fintanto che i turisti non arrivano a rovinare tutto lo splendore che ha creato lui.

Fa una curva secca, si lascia alla sinistra il terzo pilone della Funivia e scende a diritto verso il primo muro della Franchetti.

La Pista Franchetti, il cui nome esatto è Canalone Franchetti, venne tracciata nel 1959 subito dopo il prolungamento della Funivia del Faloria che il regime aveva inaugurato nel 1934 e prese il nome dal veneziano Barone Carlo Franchetti a cui si deve la costruzione della Prima Funivia di Cortina, nel 1924, quella che dal paese portava a Pocòl. La pista si apre con un ampio e regolare campo innevato che garantisce uno slalom gigante di larga portanza, e, dopo un muro di notevole pendenza, gira verso destra seguendo l'orlo del burrone e subito piega a sinistra incagliandosi tra aguzzi speroni rocciosi che ne stringono la portanza e creano difficoltà notevoli anche agli sciatori esperti e termina con un secondo falsopiano che arriva alla stazione della Seggiovia Vitelli. La pista è lunga circa 1300 metri e il dislivello raggiunge i 350. È classificata come Nera, ovvero massima difficoltà ed è considerata, insieme alla Forcella Rossa di Ra Valles, la pista più difficile di tutte le Dolomiti. Si consiglia solo per sciatori esperti e dotati della opportuna attrezzatura tecnica. L'esposizione a nord-est causa importanti ghiacciate durante il pomeriggio che rendono la superficie innevata estremamente pericolosa.

Questo, pressappoco, c'è scritto sulla *Guida di Cortina d'inverno*, che Giovanni di Bona tiene sul comodino e legge con attenzione immutata tutte le sere da quando ha cominciato il suo lavoro di autista del gatto delle nevi. Giovanni di Bona ama in particolare il tratto che va dal primo muro al secondo falsopiano e più di tutto lo soddisfa la curva secca tracciata alla base del muro, che impone bruscamente la deviazione a sinistra per infilarsi nel canalone tra le rocce. Su questo tratto, Giovanni di Bona e il suo gatto delle nevi accelerano sempre per il piacere del raspo violento che le triple ruote infliggono alla neve ghiacciata sulla curva.

Anche stamattina, dunque, Giovanni di Bona comincia a aumentare la velocità già a metà del primo muro e scala la marcia fino a arrivare al massimo qualche metro prima della curva e, al massimo della velocità, affronta la curva e gira con un colpo da pilota il volante, scala due marce, dà di nuovo potenza.

E si impianta.

La frenata improvvisa lo proietta contro il parabrezza, il volante gli batte contro lo stomaco e salva la fronte solo perché ha istintivamente steso le braccia a far da riparo. Comincia a smadonnare e intanto si tasta la fronte, la faccia, per verificare che non ci sia sangue, da qualche parte. Solo quando è proprio sicuro di avere tutta intera la sua pellaccia, Giovanni di Bona solleva la testa per vedere cosa porco cane si è incastrato sotto il suo gatto delle nevi. Non vede nulla. Allora scende, ma barcolla ancora per la botta e mette il piede in una posizione falsa sul predellino, manca poco che non rotoli di sotto, e sarebbe una vergogna della storia. Ma si tiene con la mano alla maniglia antisassi e non cade.

Si china.

In un casino di schegge, metallo, plastica, riconosce la coda di uno sci.

Smadonna ancora più forte, contro i turisti, contro l'azienda di turismo, contro i fabbricanti di sci, i venditori di sci, contro chiunque sia stato a lasciare uno sci in mezzo alla pista, e anche contro il collega che ha fatto l'ultima ispezione dopo la chiusura di ieri. Ma poi gli viene in mente che ieri era Capodanno e la pista ha chiuso alle quattro, impossibile che il collega non abbia visto lo sci abbandonato.

Gli viene alla mente un pensiero che subito ricaccia indietro. A Cortina non succede mai nulla, tutto è controllato, curato, sicurissimo. Del team dei controllori, lui è uno degli ingranaggi portanti. Ma, certo, proprio perché Giovanni di Bona è Giovanni di Bona, questa faccenda dello sci va risolta. E in fretta, che sono quasi le nove e la mandria degli sciatori sta per invadere la pista e cancellare le tracce.

Questo pensiero, "cancellare le tracce", gli si è formato in mente suo malgrado, perché, a ragione, non ci sono di certo tracce di nulla.

Ma se ci fossero?

Giovanni di Bona si gratta la testa riccia e si accorge che, nonostante il freddo, sta sudando. Ha come un sesto senso, non saprebbe dire cosa, ma c'è qualcosa che lo fa sentire a disagio.

Per qualche minuto si aggira nei pressi del gatto, poi perlustra con giri sempre più ampi lo slargo. Un leggero sprofondo nella neve fresca lo colpisce. Intorno ci sono i segni di qualcosa, forse impronte di zampette d'animale selvatico. Per un momento, Giovanni di Bona, che è un omone alto che non ha paura di nulla, prova l'impulso di risalire in fretta sul suo gatto delle nevi e andarsene. Senza andare a vedere cosa c'è dentro il buco nella neve fresca.

Ma non lo fa.

A passi lenti, mentre il cuore gli manda strani segnali, Giovanni di Bona si avvicina allo sprofondo.

E guarda.

Fa un balzo all'indietro e gli sale in gola un urto di vomito.

Dentro il buco, c'è una mano.

Una mano con le unghie rosicchiate, striata di rigature violacee. Non c'è sangue.

Giovanni di Bona si mette in ginocchio davanti al

buco dentro la neve e cerca di vedere meglio la povera mano. Al posto delle prime due falangi del dito indice, c'è un ammasso di carne maciullata. Il mignolo manca.

Giovanni di Bona fa appena in tempo a voltare la testa.

Vomita a pochi centimetri dal foro nella neve.

Poi si rimette in piedi e va verso il gatto delle nevi per chiamare i carabinieri.

Barcolla.

CANALONE FRANCHETTI
Quota 1950 metri
Ore 9.42

Hanno chiuso la pista, dalla partenza, in cima al Faloria, e anche la Seggiovia Vitelli è stata chiusa. L'ha deciso il Giudice che è arrivato di corsa da Belluno. Lunghe strisce di nastro bianco e rosso circondano la zona sensibile, che poi è lo slargo che è piaciuto tanto a Santina. Fuori e dentro il cerchio delimitato dalle strisce, si aggirano decine di persone, carabinieri in divisa da neve, poliziotti, due vigili urbani di Cortina, il reporter del giornale del Cadore, che è stato bloccato a parecchi metri di distanza e assale chiunque gli capiti a tiro per farsi raccontare cosa si riesce a vedere.

Con un fragore di pale che girano, è atterrato da poco l'elicottero del Soccorso Alpino, con la croce rossa dipinta sulla vernice bianca. Sono scesi due infermieri con una barella, e dopo un po' altri due, con un'altra barella. Gessica non si deve preoccupare. Non ci sarà da pagare nulla. I 400 euro sono a carico dello Stato.

Le hanno trovate abbracciate.

Stavano strette, nel cavo della roccia. Il gelo aveva ghiacciato i corpi sigillando insieme le giacche a vento, i jeans. La guancia sinistra di Santina mostra un morso di animale selvatico, probabilmente un giovane maschio di volpe, ha detto il medico legale. Ma si è riservato di essere più preciso quando stilerà il referto della autopsia. La guancia destra, invece, è intatta, incollata alla guancia sinistra di Gessica. La mano che è stata ritrovata da Giovanni di Bona appartiene a Gessica. Non ci sono segni di violenza umana.

O forse non si vedono.

Verso le undici, il tempo cambia all'improvviso, il cielo si copre di nuvole basse, gonfie. Si è levato un vento che spazza le cime e ruggisce nello sprofondo dei dirupi. I soccorritori, gli agenti, i carabinieri hanno finito il loro lavoro e ora tocca agli specialisti del RIS. Il fotografo Alvise Ceschin, che viene da Pieve di Cadore e lavora da poco in Polizia, perché avrebbe dovuto fare il contadino come suo padre, non aveva mai visto una mano staccata dal braccio. Scatta con estrema cura, da tutte le angolature, poi si allontana dal foro dentro la neve e procede con le foto dei cadaveri.

La ragazzina bruna ha il viso bianchissimo. Un ciuffo delicato di capelli scuri si è posato tra il naso e la guancia, il ghiaccio l'ha ricoperto, sembra una lacrima lunga, che non finisce mai. Il palmo della sua mano senza guanto si è incollato alla giacca della sua amica, come se la volesse salvare. La ragazza grossa, con i capelli fucsia, ha gli occhi tumefatti, e uno, quello sinistro, è aperto a metà, pare che guardi la brunetta. Per scattare con la massima precisione le foto per l'istruttoria, Alvise Ceschin si avvicina alla testa della ragazza, non vuole usare il flash. Si ritrova a pochi centimetri dall'occhio semiaperto.

Per questo vede lo sguardo.

L'occhio tumefatto è sollevato in direzione del visino di cera e al fotografo Alvise Ceschin sembra di sentire lo sforzo che deve essere costato alla ragazza grossa alzare la palpebra, girare di poco la testa per far entrare nel suo campo visivo il profilo dell'altra. Ma la luce che c'è in quello sguardo ferito è così viva che Alvise Ceschin non riesce a sopportarla.

Butta la macchina fotografica nella neve, le ginocchia gli si piegano.

Vomita.

Dopo un po', comincia a nevicare.

Cade, dal cielo basso, uno spolverio soffice, cristalli minuscoli di neve danzano in volute, cerchi, fingono di precipitare al suolo e poi risalgono in alto portati dalle folate di vento.

La neve copre con un velo incantato i due poveri corpi abbracciati.

Quando gli infermieri del Soccorso Alpino riescono a staccarli, è già mezzogiorno passato.

Mercoledì
2 gennaio 2013

CORTINA
Bar dell'Hotel Posta
Ore 12.00

La porta della stube è aperta, c'è così tanta gente che manca l'aria. È l'ora dell'aperitivo.

Pinin ha già preparato i bicchieri per il Bellini, che comunque va fatto al momento. La gente si pigia al bancone del bar, tra i tavoli il cameriere Gianni deve fare la gimkana per servire i mojito. Ci sono sui tavoli le ciotoline con le olive e le patatine fritte, le tovaglie sono le solite, quelle rosse, le poltroncine sono le solite poltroncine con il sedile impagliato e lo schienale intagliato con un cuore, le tendine di pizzo sono al solito ben sollevate perché si veda il passeggio sul Corso, e c'è la solita sceneggiata dei saluti, i soliti baciamano, i soliti inchini a chi pensi ti possa servire. Ci sono le solite facce, un po' più invecchiate, un po' più stanche. È il teatro di Cortina.

Sigieri è seduto da solo al tavolo d'angolo, di fronte alla porta e prova uno strano disagio. Nel solito sottofondo di voci, sedie smosse, tintinnar di cristalli del Bar del Posta percepisce una dissonanza, come se qualcosa fosse sfuggito al controllo impeccabile di Pinin. Non saprebbe dire cosa, almeno non riesce a individuarlo immediatamente.

Poi, lentamente, si fa strada dentro di lui la percezione dell'attesa. È come se la attività frenetica che si svolge sotto i suoi occhi fosse una copertura. Una manovra diversiva. Qualcosa che il regista ha messo lì per ingannare gli spettatori. Oppure i suoi personaggi.

Di certo, c'è qualcosa di strano, e non è solo il fatto che oggi quasi nessuno scia, perché il tempo si è fatto cattivo e nevica forte dalla notte: una neve grossa, che attacca dappertutto e che i pochi spazzaneve non riescono a pulire come dovrebbero.

Gli altri arrivano tutti insieme, Filo Carminati con la giacca imbrattata di morchia, perché la Range ha richiesto una qualche attenzione extra, gli tocca ammetterlo, Maria Sofia con suo padre, che si siede con loro tanto li conosce tutti da quando erano bambini, Ele, Bea, Ascanio. Oreste Pietroforte neanche si siede che comincia a parlare dei progetti della Lega per il 2013 e nessuno naturalmente lo sta a sentire. Manca Amerigo.

Eccolo.

È entrato con calma, è vestito già da città, con i pantaloni grigi di vigogna e una giacca blu, la camicia bianca. Ha attraversato la calca senza fretta, lo diverte rubare i discorsi degli altri. E poi conosce tutti.

Sigieri gli fa un cenno, ma Amerigo l'aveva già visto.

"Dove c'è figa, c'è Sigi" dice con il suo solito garbo. Scansa le gambe di Ele e di Bea, e si mette accanto a Sigieri.

Ma resta in piedi.

Come se avesse qualcosa da dire.

Si guadagna un paio di occhiate interrogative e un Vaffanculo stronzo da Oreste Pietroforte, a cui ha rubato il palcoscenico, almeno crede lui. Li guarda tutti, uno per volta, e ogni volta che passa da uno all'altro tende le labbra in un sorrisetto da schiaffi.

"Dategli un Bellini, è in astinenza" urla Ascanio e Pinin si materializza con il vassoio dei cocktail che teneva pronto, perché Pinin i suoi polli li conosce.

"Gran serata, ieri" fa Amerigo. È una frase innocua, non gli assomiglia. "Il tavolo del Manitoba ha visto quello che non avrebbe mai pensato di vedere."

Maria Sofia si sente gelare. Sa cosa sta per succedere.

Infatti, con un balzo, Amerigo le salta praticamente addosso, le afferra la mano destra e la solleva, come un trofeo.

"Questa manina, signore e signori" ha alzato il tono della voce, il brusio si cheta. "Questa manina... lasciamela, lasciamela, Maria Sofia."

Il padre di Maria Sofia si agita sulla sedia, ma non dice nulla.

"Questa manina, signore e signori" continua tranquillo Amerigo, "è riuscita nell'impossibile impresa di fare una menata di circa un'ora a Sigieri, senza che a lui gli tirasse."

Maria Sofia strappa via la mano e farfuglia Tu sei fatto, completamente fatto. Suo padre resta impassibile.

Ele si mette a ridere. Allarga le braccia.

"E allora? Sai le volte che gliel'ho fatto io!"

"Ah, perciò il marchese Costaglione non è quello che sembra" conclude Amerigo. E si rimette seduto.

È allora che Virginia stabilisce che lei non ha veramente nulla a che fare con questi stronzi. Si alza senza dire nulla, scavalca con le lunghe gambe la foresta delle gambe altrui, passa davanti al padre di Maria Sofia e gli lancia un Buongiorno a mezza voce, saluta con un cenno della mano Pinin, che è tornato dietro il bancone. E finalmente è fuori nel freddo, e prende parecchi respiri, con la fronte appoggiata alla vetrina del negozio di scarpe. L'aria sa già di gas di scarico, di polveri nere. Forse è per questo che le si arrossano gli occhi.

La sua sortita provoca nel gruppo una certa impressione. Le ragazze si mettono a bisbigliarsi nell'orecchio, i maschi alzano le spalle. E c'è un momento di silenzio, un silenzio quasi perfetto, come nel loro gruppo non capita mai. E in questo silenzio quasi perfetto, Amerigo dice Hanno trovato due morte sul Faloria a Capodanno.

"Poverette" dice Ele e intanto si aggiusta lo scollo della maglietta.

"Due non di Cortina."

Oreste Pietroforte si è già stancato di questa solfa.

"Vabbe', e a noi che ce ne frega?"

Amerigo fa schioccare la lingua. Adesso tutti lo stanno a sentire.

"Vi ricordate le due burine sedute al tavolo vicino al nostro, alla cena di Capodanno, al Rifugio? Accettola Gessica e Giarruzzo Santina, Sigi, te le ricordi di certo, almeno Giarruzzo Santina, l'hai conosciuta bene, no? Le hanno ritrovate morte stecchite sulla Franchetti. Assideramento. Dice che gli animali selvatici 'hanno infierito sui poveri corpi', ha scritto proprio così questo cazzone di giornalista."

Amerigo tira fuori una copia del “Corriere della Sera”. La appoggia sul tavolo.

“E sapete la cosa più bella? Questa Accettola Gessica, si chiama proprio Gessica con la G.”

Bea spalanca la bocca.

“Ma davvero Gessica con la G?” fa.

“Vabbe’, poveracce, ma a noi che ce ne importa?” dice Ascanio.

Amerigo incrocia con Sigieri uno sguardo vuoto.

“Penso che siano scese poco dopo di noi” dice Sigieri.

La dissonanza ora è un sibilo che gli entra nelle orecchie. Deve essere colpa del mojito.

“E a te” dice lui e la guarda con un’aria di canzonatura, “come ti chiamano, Tina?”

Lei non coglie né l’ironia né la punta di disprezzo che impolvera il tono di lui.

“No, a me no, perché Santina è un nome breve.”

“Vabbe’, poverette, ma noi che c’entriamo, scusa, Amerigo? Accettola e Giarruzzo, chi le conosce?” fa Oreste Pietroforte.

Tocca a Bea seppellirle.

“È vero, non c’entravano nulla, con noi. È stato un caso che ci fossero anche loro, su al rifugio a Capodanno. E comunque il rifugio era riservato, era una serata privata. Chissà come ci sono arrivate, poverette. Ragazzi, che si fa, stasera?”

Dieci anni dopo

TERMINI IMERESE
6 settembre 2022

Da: <giarsal@libero.it>
Data: lunedì 6 settembre 2022, 15:46:34
A: <sigieri.costaglione@gmail.com>
Oggetto: aggiornamento

Carissimo Dottore,
le scrivo per dirle che il test di ammissione è andato bene e mi hanno preso in Bocconi al CLEACC.
La lettera dell'Università è arrivata oggi e sono molto contento.
Studierò Economia per la Cultura, come mi aveva consigliato lei. Parto per Milano domani.
Ho trovato un appartamento vicino alla scuola, in viale Beatrice D'Este, starò insieme a due ragazzi di Bari, sicché non c'è bisogno che lei aumenti l'assegno che mi manda ogni mese.
Ho fatto anche domanda per la Borsa di studio, perché la segretaria della Bocconi mi ha detto che, con il voto della maturità e il punteggio alto che ho preso al test di ammissione, ho buone probabilità di ottenerla.
Così finalmente lei potrebbe smettere di pagarmi gli studi.
È strano che, in tutti questi anni, non ci siamo mai incontrati di persona ma non dimenticherò quello che lei ha fatto per me.
Senza il suo aiuto, non ce l'avrei mai fatta.
Sono contento che abbia potuto conoscere mia sorella e che le abbia voluto tanto bene.
Mi impegno con Lei e con mia sorella a dare il massimo.

Sono sicuro che Santina ci stia guardando da lassù.
Non si abbandonano mai le persone che si amano.

Un saluto cordiale
Salvatore Giarruzzo

Diario di scrittura

SUPPORTO LOGISTICO

Cioccolato Nestlé fondente dark, stecca da 150 gr (5)
Crystallized Ginger Slices Whole Foods, 55 gr (2)
Jengibre cristalizado artisanal do Brazil regalato da mia figlia Ginevra, 260 gr
Biscotti Integrali Oro Saiwa (2)
Magnum Mini Infinity (1)
Nescafé solubile (19 mugs)
Succo di mirtillo biologico Achillea Natura Sì (24)

SOUNDTRACK

29 dicembre 2012

Blue Note e Marco Lodola, *Singing in the Club*

Arno Stubel, *Passage to Argentina*

30 dicembre 2012

Evgeny Kissin, Herbert von Karajan – P. Tchaikovsky, *Piano Concerto n.1 op.23* e Alexander Scriabin, *Four Pieces op.37*, *Etude op.42 n.5*

Vladimir Sofronitsky – Robert Schumann, *Arabeske*, *Carnaval*, *Kreisleriana op.16*

Daniel Barenboim – Ludwig van Beethoven, *Klaviersonaten*

31 dicembre 2012

Arthur Rubinstein – Frédéric Chopin, *Nocturnes op.9, op.15, op.27, op.32, op.48, op.56*

Sir Malcolm Sargent, Royal Philharmonic Orchestra – Bedřich Smetana, *Má Vlast*

Murray Perahia, Royal Concertgebouw Orchestra – Ludwig van Beethoven, *Concerto n.5 for piano and orchestra op.73*

Il primo dell'anno 2013

Herbert von Karajan, Sviatoslav Richter, Berliner Philharmoniker – Ludwig van Beethoven, *Concerto in C Major op.56*
Quartetto Italiano – Maurice Ravel, *String Quartet in F, Secondo Movimento, Assez vif, très rythmé*

Ennio Morricone, *Le Marginal*

FITNESS

Downtown Zumba (8)
Downtown Aquagym (14)
Idromassaggio Comfort Zone Soul (7)
Passeggiate con il mio bassotto tedesco a pelo ruvido Byron (9 km circa)

Grazie

Ai miei figli, Tommaso e Ginevra.

A tutti voi, lettrici e lettori, che avete scelto di dedicare il vostro tempo così raro e così prezioso a leggermi fin qui.

A Michele Rossi, il mio Editor.

A Rosanna Paradiso e Sebastiano Caccialanza, angeli custodi del viaggio di questo piccolo romanzo nel mondo.

A Massimo Turchetta, il mio Editore.

Se volete scrivermi il vostro giudizio, le vostre emozioni

salotto.boralevi@tin.it
www.antonellaboralevi.it
il mio blog è www.boralevitime.it.

Indice

Finito di stampare nel mese di gennaio 2013
presso Grafica Veneta - via Malcanton, 11 - Trebaseleghe (PD)

Printed in Italy

Indice

Finito di stampare nel mese di gennaio 2013
presso Grafica Veneta - via Malcanton, 11 - Trebaseleghe (PD)

Printed in Italy